总裁王朝的覆灭

文 清 ○ 著

ZONGCAI
WANGCHAO DE FUMIE

重庆出版集团 重庆出版社

图书在版编目（CIP）数据

总裁王朝的覆灭 / 文清著. —重庆：重庆出版社，2010.11
ISBN 978-7-229-03108-4

Ⅰ. ①总... Ⅱ. ①文... Ⅲ. ①长篇小说–中国–当代 Ⅳ. ①I247.5

中国版本图书馆 CIP 数据核字（2010）第 219893 号

总裁王朝的覆灭
ZONGCAI WANGCHAO DE FUMIE

文 清 著

出 版 人：罗小卫
责任编辑：罗玉平
责任校对：胡 玲
装帧设计：重庆出版集团艺术设计有限公司·王芳甜　卢晓鸣

重庆出版集团
重庆出版社　出版

重庆长江二路 205 号　邮政编码：400016　http://www.cqph.com

重庆出版集团艺术设计有限公司制版
重庆鹏程印务有限公司印刷
重庆出版集团图书发行有限公司发行
E-MAIL:fxchu@cqph.com　邮购电话:023-68809452

全国新华书店经销

开本:787mm×1 092mm　1/16　印张:17.75　字数:173 千
2011 年 1 月第 1 版　2011 年 1 月第 1 次印刷
ISBN 978-7-229-03108-4
定价:25.80 元

如有印装质量问题,请向本集团图书发行有限公司调换:023-68706683

前　言

　　当传销出现在 20 世纪 90 年代中期的中国，成千上万渴望暴富的中国人如魔鬼附体般，大批大批地涌入到这个传说可以在一夜之间改变命运的行业大军中，被那些极具煽动性的演讲引诱、洗脑。群体的疯狂共性代替了独立思考的理性，对财富渴望的怒吼声如潮水般湮灭了人性。充满虚幻的激情，空幻的口号，从来都是这些传销人员的特质，从心理学的角度来讲，他们需要靠幻觉支撑成功的信念。

　　传销在中国最终演变成一幕幕疯狂的社会闹剧和悲剧，在政府将传销定为违法后，最终由于其本身低级的手法和弊端重重的牟利方式被社会淘汰，在中国失去了市场。但由传销所带来的集体癫狂，充分体现了人性中的贪婪和愚昧，随着时间的流逝，它并没有完

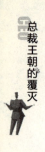

全消失，它像幽灵一样附在社会的每一个角落，在一部分企业落地生根，渗透到企业的血液中，脱胎换骨后蜕变成一幕幕光怪陆离的企业文化。

这些企业充分利用社会竞争激烈、找工作难的现象，在公司推行独裁的军事化管理，制造宗教式的个人崇拜，将公司当作自己的王朝，不惜侵害员工人格尊严与权益，最终由此引发一系列的恶性循环，给企业发展造成灭顶的灾难，也给社会造成一定的损失。

本书将以小说形式深度解剖中国企业中存在的种种独裁与专制现象，以及由此给个人和家庭、公司和员工所带来的伤害和损失。书中人物均为化名，如有雷同，纯属巧合。

自　序

造神运动在中国由来已久,多数发生在以农民为主体的起义造反时期。东汉末年的太平道、清朝末年的太平天国、白莲教,还有一些邪教组织,莫不是由造神运动发展起来的。除此之外,陈胜、吴广的得"鱼帛书",方腊假托"得天符牒"也属于此类。

老百姓造神,主要由于官员腐败贪婪,朝政荒淫混乱,由人祸导致的干旱、洪涝、蝗虫、瘟疫等天灾现象层出不穷。百姓积怨太深无处申诉,只能把唯一活着的希望寄托于虚无的神灵,期望神灵显灵来惩罚这些官员。这时候社会弥漫着一股妖气,正所谓:国将亡,必有异象!

一些造反头目充分利用人们迷信鬼神的心理,发展宗教形式的组织,充当宗教领袖来组织起义。黄巾军起义就是这样发展起来

自
序

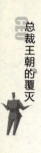

的,最终导致了东汉的覆灭。红巾军利用白莲教和民族矛盾,爆发元末大起义,埋葬了蒙元王朝。太平天国、以白莲教组织的白莲教起义,极大地震慑了满清王朝的统治。还有一种是打着政治幌子招兵买马的形式,以"均贫富"得到广大人民的拥护,以达到自己的政治目的。

然而在21世纪,各种通讯信息极为发达的今天,这种造神运动,却悄然在一些企业死灰复燃。一些企业打着企业文化价值观的名义,像邪教组织一样对员工进行思想、行为、心灵的管控,他们的手法基本综合为以下几种类型:

1. 制造个人崇拜,神话自己的创业史,圣化自己的人格,在员工中树立绝对信仰和权威;

2. 用巫术般的方式给员工洗脑,将员工打造成一支类似于义和团式的团队;

3. 给员工画饼,告诉他:"你做到这个级别就可以得到这个饼!"几年下来员工发现得到的是一场空,即使做到了,也发现自己失去了人生的全部,包括身边的朋友和亲人;

4. 用各种奖惩制度控制员工行为,奖励的背后永远是诱饵,而受到惩罚的机会是得到奖励的 N 倍;

5. 员工从进公司那天起,就必须起一个全新的职业代号,意味着个人身份完全丧失。

在这些企业,员工一进公司,就必须接受所谓企业文化的洗礼,员工要像打了鸡血一样朗诵企业口号,每天必须像唱国歌一样庄严地唱颂公司之歌。除了喊口号和唱歌，还要跳一些由忠字舞改编的所谓司舞。口号喊得是否够激情，歌声是否够洪亮，舞跳得是否像奥运开幕式那样整齐有序，在这些企业看来，是衡量一个公司是否具有团队精神的标志，很多公司用这些标志作为考核员工的指标。

耶稣说恺撒的归恺撒，上帝的归上帝。这些企业的领导者，既是公司的元首，是说一不二的最高权力机构，又是教主，是道德的圣人，是让员工像羔羊般匍匐在脚下仰视的神。有很多企业的老板在给员工开会时，常常要求员工将他说的话一字不漏地全部记下来："我说的话就是圣旨！"王朝掌权者的独裁嘴脸在他的臣民面前向来都是肆无忌惮。

在国内某企业，员工不仅要全力以赴地执行各种制度，连衣服、鞋子、袜子，甚至脸上的笑容，都要受到严格的管控，每天除了朗诵企业文化、唱公司之歌，还要朗诵《羊羔跪乳》。《羊羔跪乳》是明代《增广贤文》里的一个谚语，鸦有反哺之义，羊知跪乳之恩，这样一个教育人要怀有感恩之心的谚语，却成了这些企业奴役员工的工具。"前有羊羔为我师，后有总裁为我范；我辈再不思报恩，岂不愧对××人。"这种腐朽变态的令人发指的伪企业文化，从这些企业的管理者嘴里说出来，具有非常讽刺的意义。将它一层一层地剥开，里面所展示的一切除了让人瞠目结舌外，更多的是让人不得不深思：为什么中国的企业会发展成这样？

笔者曾经在这样的企业工作过，深受其害，至今想起来仍然是心有余悸。将这些包装得富丽堂皇的企业文化剥开，你会发现，这

自
序

些虚伪的外衣里面,包含的是一颗自私猥琐而又极端丑恶的灵魂,以及由宗教传销、军事极权组合而成的丑陋画面!

文　清

2010.6.28

目录

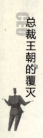

01/ 毕业即失业

行李箱的车轮在铺满青石的马路上发出"突突"的响声,我擦了一把额头上的汗珠,最后朝那座生活了六年之久的小城看了一眼,转身往车站走去。

车子不一会儿就启动了,车上坐了大约20来个人,谁也没有看谁一眼。我身边坐了一个年轻的小妇人,她打扮得非常时尚,染成栗子色的短发使她看起来妩媚又俊俏。我认识她,她在这座小城的税务局上班,那是个既清闲又福利待遇超级好的地方。在那里上班的人,基本上都是世袭的,有关系的,他们是这座小城中的贵族。

车子没多久就驶出了小城,我很想跟身边的小妇人搭话,这是我第一次一个人出远门,和这么多的陌生人在一起,还有些不太习惯。"你好!"我对妇人礼貌地点了点头,送出去一个微笑。

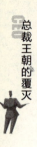

"好。"小妇人简短地应了一声后瞥了我一眼，又瞥了瞥自己那条价格不菲的直筒裤，就像一个有洁癖的贵族和一个身份低等的乞丐坐在了一起，极不情愿，但又不想让自己显得太小器，勉强对我挤出一丝矜持的笑容。

"是去省城吗？"我不在意地笑了笑，在小城生活了六年，经常和这些有着体面工作的人打交道，对他们的无礼和傲慢，我已经习惯了。"是。"小妇人应答完转过脸，托起腮凝视着窗外。

"我也是！"我高兴地告诉她，"我是去那里坐火车，准备去北京，我考上了中国人民大学！"我兴奋地叫嚷着，好像要让这车上所有的人都听见。

一个多月以前，当我拿到那份录取通知书时，就想满大街地跑，告诉小城所有的人，认识的，不认识的，在政府机关上班的贵族们，以及跟我一样在小城当二等公民的人们。

小妇人这时将脸移了过来，眼神中那份拒人于千里之外的冷漠消失了，取而代之的是一份惊讶和羡慕。车上的人七嘴八舌地议论起来："这女孩真不错，能考上那么好的大学，前途无量！""是啊，能考上那么好的大学，多好啊！"

我高兴地伸了伸懒腰，用手托着腮望着窗外，开始幻想五彩斑斓的未来。已经入秋了，南方的天气还非常燥热，一望无尽的天似乎特别蓝，几朵悠闲的白云像棉花糖一样浮在半空。一切都非常惬意，空气中充满了甜甜的味道！

经过20多个小时的颠簸，终于到了北京城。

北京的秋天，秋高气爽。校园里落叶漫天飞舞，花圃里堆满了厚厚的一层淡黄色落叶，看上去松软极了。青松苍翠依旧，枫树的叶照亮了苍白的空间，秋的意味更浓了。

不久，我就开始了我的学习生涯，并憧憬着学有所成的那一天荣归故里，让父母和亲人为我感到骄傲和自豪。

转眼间，就到了2008年的阳春三月，四年学习期快要结束了。我和许燕两人挽着胳膊在铺满青石的林间小道上散步。许燕是我的同班同学，北京人，性格开朗热情，高考成绩比我低150分。今天她一改往日的喧闹，眉头紧锁，好像有什么心事。"怎么啦许燕？"我问。"唉，转眼就要毕业了，可一毕业马上面临着要失业！"许燕有些伤感地说。

"你不是要出国吗？"

"是啊，手续都办好了，不出国又能怎样？只有继续读书，不知道读到何年何月？"许燕说完眼圈开始发红了。

看许燕难过的样子，我想到了自己的处境，对她说："那你也总比我强啊，我是真的不知道何去何从了。你再怎么说也是北京人，还有个男朋友，家庭条件比我好一千倍。我们这些从小城镇出来的人，没有任何背景，真不知道走出校门后能到哪里去？"

三个月后，许燕出国了，和她男友两个人一起出去的。

而我，开始每天在烈日底下到处奔波找工作，投出去的简历可以塞得下我们学校的整间宿舍，得到的回应却寥寥无几。有时候好不容易等到一个面试通知，可人家一听说是应届毕业生，要么不给

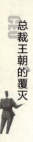

一分钱工资让我实习，要么摇头让我走人。

在北京找工作的希望全部落空，绝望之际，我想到了深圳。那里有很多企业，薪水和机会比北京还要多，非常适合我们这样没有背景的年轻人创业。于是，我毅然决定告别北京，就像当初考上人大后告别那座家乡的小城一样，拉着巨大的行李箱，孑身一人来到中国南方最前沿的城市——特区深圳。

在人才市场附近找了间便宜的房子住下来后，来不及感受南国的椰风习习和处处鸟语花香，每天像行尸走肉般在大街上来回穿梭找工作。怀里揣着仅剩不多的钱，常常饿得头晕眼花，这就是我初到深圳那段时期的状况。

记得那天下午，我用最后的20块钱买了包方便面，将剩下的10多块钱塞进我那并不宽松的牛仔裤口袋时，收到了一份录取通知书。当时的心情简直无法用语言表达，我马上用那10多块钱给家里打了个长途电话，一再跟我妈表态，在不久的将来，我要在这座城市里买房子，把她接过来住。

两天后，我来到这家传说文员比我们学校教授薪水还高的企业，开始了我的职业生涯。

我是这家公司市场部的文案，试用期3个月，月薪是4500元。我每天的工作就是帮公司写文案策划，有时候公司为了搞大型的促销活动，常常让我想破脑袋写广告宣传语。深圳的生活节奏要比北京快很多，在北方，所有的企业都有双休，但在深圳却难得有企业有双休。我们公司每周休息一天半，周六上午要在公司做每周工作总结和下周工作计划。

从进入公司的第一天起，我就"被改名"了。我们市场部一共12个人，我排名12，我的工牌上印着NO.12，组长给我起了个英文名，叫Linda。平常基本没有人叫我的名字，大家都叫我12号，熟悉一点的，都叫我Linda。整个公司里面，知道我名字叫卓一君的人寥寥无几，除了HR和财务部发放薪水的人，我想不会有第三个部门的人知道我的名字。

同事们平常很少沟通，大家也有自己名字的，除了中午吃饭时间，基本上没有任何交流。看得出来，这里的每个人都很珍惜这份薪水还不错的工作，而我在经历了那么多次求职失败后，比任何人都珍惜眼前的工作，做任何事都小心翼翼，生怕出一点漏洞。

那段时间我做梦都想策划一个大的广告方案让公司的人刮目相看，在公司尽快站住脚。

02/
神秘的总裁

　　公司的总裁是一位博学而富有爱心的人,公司大门口有他代表公司捐助贫困灾区所得的各种荣誉奖项;办公区域里到处挂有他和一些世界名人的画像,有美国总统里根,有圣人孔子和华人首富李嘉诚,每幅画像下方都写有他们的格言。

　　我从来没有见过总裁本人,只在这些画像和宣传册上见过他。他看上去大概40多岁的样子,一身白色的西装,戴一副金丝边眼镜,浑身散发着一种令人说不出来的气息。

　　　　我来自偶然像一颗尘土

　　　　有谁看出我的脆弱

　　　　我来自何方我情归何处

谁在下一刻呼唤我

天地虽宽这条路却难走

我看遍这人间坎坷辛苦

我还有多少爱我还有多少泪

要苍天知道我不认输

感恩的心感谢有你

伴我一生让我有勇气做我自己

感恩的心感谢命运

花开花落我一样会珍惜……

　　公司大楼高五层，除了一至三层是公司的办公人员，上面两层都是空着的。我们上班的时候每天都能听到这首《感恩的心》，我开始经常会跟着哼哼，让自己的心灵沉浸在音乐中，心情就像雨后的彩虹一样，清新而色彩斑斓。然而来公司快两个月了，这歌声每天反复在整栋楼飘荡，越来越让人觉得有些诡异，感觉有种怪怪的味道。

　　"为什么我们公司每天都放这首歌？"有次趁去洗手间的时候，我问身边的一位女同事。她是8号，叫袁小丽，我最近这两天才得知她的姓名。她是我们部门最活跃的一个，整天无忧无虑，个子不高，笑起来有两颗小虎牙。

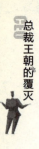

"我也不知道,反正从我一进公司就每天听到这歌,听了一年,都习惯了。"袁小丽说完对我吐了一下舌头。

我俩回到办公室各自的座位上,组长从她办公室出来了,拿着一堆文件朝我走过来。主管是位 30 出头的女性,平常对我们很严厉,总把头发盘得很高。袁小丽说她把头发盘那么高,是想当慈禧太后,结果没有当成。我问袁小丽什么叫想当慈禧太后没有当成,她说组长和某位高层关系不一般,可由于年纪大了,斗不过年轻的,被挤下来了,沦落到市场部当了一名小组长。

"12 号,你跟我来一趟。"组长走到我面前,居高临下地对我说。

我抬头望上去,觉得她的头上像耸立着一座黑色的塔,使她看上去很威仪,有种高高在上的感觉。每次看到这座塔出现在我面前,我就感到非常的压抑。"是,组长。"我紧张地吞了吞口水,小心翼翼地跟着她往楼梯走去。

我俩在二楼一间办公室前停住了,组长转身对我说:"你在这稍等一下。"说完敲了敲门就进去了。

过了一会儿她出来了:"跟我进来。"

我紧张得心都快跳出来了,赶紧跟在她后面走进那道暗红色的门。门随即被关上了,我四处打量了一下,屋里好像没人,一张巨大的办公桌和一把坐上去一定很舒服的椅子,还有一个暗红色的文件柜。文件柜有些陈旧了,上方洁白的墙面上挂着一幅总裁的巨大画像,此时正朝我微笑着。

我正准备坐下的时候,"咚、咚!"一个男人的脚步声从屏风后面的卫生间传了出来,把我吓了一大跳。还没有等我看清楚,一个矮个子的胖男人就出现在我们面前。他看上去40多岁的样子,头顶有些秃了,坐在那把椅子上后,很舒服地摇晃了几下,对我们说:"你们来啦!"

"嗯,你们谈,我先出去了。"组长面无表情地转身出去把门给带上了。

"你是12号?"组长走后,矮胖男人用他那双黑多白少的眼睛看着我,好像看一个怪物。

"是的。"我怯怯地回答,趁他倒水的时候偷看了他一眼,发现他刚才上完厕所后没有洗手就直接倒水喝了。

他喝完水,将杯子"咚"的一声放在桌子上,说:"好,有才,正所谓长江后浪推前浪,你来公司多久了?"

"马上就两个月了。"

"很好,我是这里的行政总监,听说你上周策划的一个广告文案让我们公司获得一个大单,主管业务的陈总让我接见一下你。"

我简直不敢相信自己的耳朵,兴奋得完全忘了刚才的胆怯,一个箭步冲到他面前:"真的?"

"当然,不过我还是要考验考验你,等试用期过了之后,看你能否适应更高的职位。"他转身不再看我,继续把玩手上的杯子。

对于我来说,能在这样一家公司站住脚才是我目前最需要的,至于升不升职,我目前还不敢奢望。于是我急忙对他说:"没有关系,其实、其实公司能够给我机会,让我有用武之地,我就非常非常

02
神秘的总裁

地感激公司了,至于其他的,我现在还不想去考虑,谢谢您,真是太感谢了!"

"是吗?"他睁大眼,转过身难以置信地瞪着我看。

"是真的!"

"年轻人,没有一点野心,哼!"他用手弹了弹白衬衣袖子,不满地嘟囔道。

"那没有什么事我先走了。"

"去吧,对了,叫我张总,我叫张志荣。"

"哎,好的张总,我先走了,再见!"

"等会儿。"刚走到门口,张总把我叫住了。

我回过头不知所措地看着他:"什么事张总?"

"叫杨丽来一下我办公室。"

"谁是杨丽?"

"不会吧你,就是刚才带你来我办公室的杨组长,你的顶头上司。"

"哦,好的。"我答应着赶紧走出门,走到楼梯口后确定张总没有再叫我回去了,才放心地回到办公室。

杨组长听说张总叫她过去一趟,面无表情地起身关上门朝二楼去了。

"塔"消失了,我终于松了一口气。

晚上下班后,袁小丽跟我一起回宿舍,我还没有来得及告诉她中午发生的事情,她告诉我,说公司的总裁是个非常神秘的人物,原来曾经做过传销和保险业务员，后来自己白手起家创办了这家公司，公司最初只有几个人，在短短六年时间内，已经发展到了一千多人，除了深圳的总部，在全国有将近 10 家分公司。

我非常惊讶，一个做传销的人能把公司做这么大，挺不简单的！总裁到底是什么样的人？这个问题一路上总在我脑海里挥之不去，渴望见到总裁的心情也变得非常强烈。

03/
公司基本法

事情过去没有几天，我们部门就重新调换了工作间，原先我和袁小丽隔得很近，我们经常一起去卫生间，中午下班一起去食堂餐厅打饭。现在我的工作间和袁小丽隔了二丈八尺远，想说句话都难了。坐我旁边的是 11 号，是个男同事，他个子不高，留小平头，看上去很精神。坐我旁边的第一天，他就找我借钱，钱很少，只有一百块，我二话不说就给他了。

第二天中午他还给了我，并说我很讲义气。我觉得很奇怪，这和义气有什么关系？于是中午吃饭的时候，他和我一起到食堂，我们俩坐在一起吃饭。我知道他叫李亚辉，比我早一个月来公司，是做公司对外宣传刊物设计的。

接下来几天里，他一下班就约我一起去吃饭和逛街。我们俩将公司附近的小吃吃了个遍，又从罗湖的帝王大厦骑自行车跑到市民中心，一路上椰风轻拂，风景如画，快乐的心情将我在公司的紧张和压抑一扫而空。他是那种没有烦恼的人，虽然在公司压力很大，但很懂得给自己放松。

我们周日坐公交车去了蛇口，那个中国改革开放的窗口，虽然如今的地位已经不是那么重要了，但往日的风采依稀可辨。邓公的影响力在这里很明显，到处都能见到他的画像。

看着我陶醉在凉爽的椰风中，快活地喝着沙冰，他突然问我："一君，你这辈子最大的愿望是什么？"

"这个呀，还没有想过，我现在最大的愿望就是有钱，买个房子，把我妈接过来住。"

"那除了这个呢？"

"那我就不知道了。"我说完对他傻笑了一下，继续低下头喝我手中的沙冰。

"真是个傻丫头！"他摸了一下我的头发，"我啊，这辈子最大的心愿就是和我喜欢的人在一起，我们一起去海边游泳，一起去放风筝，然后一起去国外旅游，走遍天涯海角，累了就回到我们共同的家。"

"好浪漫哦，可惜我可能这辈子都没有这种闲情逸致了！"

他不解地问："为什么？"

"因为我是穷人啊，我读书都是贷款交的学费，我爸死得早，我

要赚钱养我自己，养我妈！"想到家里的状况，我原本高兴的心情蒙上了一层阴影，变得忧心忡忡起来。

"假如有个人愿意跟你共同去承担这一切，你愿意吗？"

"世界上哪有这样的傻瓜啊，除非他脑子坏掉了！"我嘟着嘴，不满地将沙冰捣碎后，一把扔在了垃圾桶里。

"真是个傻丫头！"他又摸了一下我的头发，将我的脑袋按在他的肩膀上。

我愣了一下，还从来没有和男生这样亲近过，这种感觉令我感到陌生而又新奇。我看出他喜欢我，而我也喜欢和他在一起的感觉。在这个陌生的城市里，我们就像找到依靠的亲人一样，彼此给对方提供着欢乐。我顺势靠着他，闻着他头上的青草味道，我们就那样静静地站着，任由椰风吹动着我们的衣衫，看远山红日落下。

周一上班后，我们中午照常一起在公司食堂吃饭，公司的人开始用很奇怪的眼光看着我们，好像我们在干什么见不得人的事。吃完饭后我找机会和袁小丽说话，问她部门为什么要重新调换位子。她一脸不屑地告诉我，说这是常事，她来公司一年，已经换了四次位子，这是第五次换位子。

下午，杨组长把我叫到她办公室，我坐在她面前的沙发上，感觉一座黑色的塔犹如泰山般朝我头顶上压下来。

"知道我为什么叫你进来吗？"

"不知道。"我说。

她严肃地对我说："公司内部的员工一律不允许谈恋爱，如果谁谈恋爱，经证实后都会被开除。你很优秀，也很年轻，我希望你自重一点，不要因此毁了你的前途。"

我顿时浑身开始冒冷汗，急忙解释道："杨组长，我没有和任何男同事谈恋爱，这点您放心，我现在还不想往这方面考虑。"

"没有最好，这是公司法规定的，一旦触犯了公司法，后果将会比你想象的严重得多。还有，不要叫我的姓名，直接叫我组长就行了。"

我擦了一把额头上的冷汗，连声说："好、好的，我一定会严格遵守公司的制度，不会做出违反公司规定的事，如果有，请您严格处罚我。"

"下去吧，待会儿我会让行政部的人安排你一周的时间去学习公司基本法。本来只有业务部的人员才参加学习的，但我看你来公司没有经过任何正规的训练，来了快两个月了，连司歌和司舞都不太会。所以必须安排你去学习一个星期，在这之前的事就先不追究了。"说完她靠在躺椅上闭上眼睛摇晃起来。

"好的，那我先出去了。"我答应着赶紧出来了。

当天下午，行政部的文员过来给我办理手续，安排我第二天参加学习公司基本法。文员给了我一本厚厚的手册和一本日记本，告诉我明天直接到四楼参加学习。

第二天我和往常一样来到公司，准备先按了手印再到四楼，这时候我发现李亚辉没在部门。我心里一惊，但来不及多想，因为她朝这边移过来了。我挤出满脸微笑，朝她点头示意后，按完手印就

抱着厚厚的基本法和日记本朝四楼奔去。

我只顾低着头一路小跑，没有发现前面有人，不小心撞在了一具软绵绵的庞大身躯上。抬起头一看，原来是张总，他正腆着肚子，虎着一张脸站在我面前。

我忙不迭地给他道歉："对不起对不起，没有撞疼您吧，都怪我不好！"

"到哪里去呀？慌里慌张，年轻人，干什么都是这么鲁莽。"

"我要去参加学习，张总，您还好吧？"

"学习什么？"他拿起我手上的基本法看了一下，"你早就应该学习基本法了。"

"是，我现在就去，不打扰您了。"我从他手上接过基本法，逃也似的冲进四楼。

来参加学习的员工起码有200人，长长的队伍排到了三楼的楼梯口。我抱着基本法，心里忐忑不安地跟在一群陌生人身后，一直排了半个多小时的队，才得以进入培训室。找了个座位坐下后，放眼望去，黑压压的人群比得上我们学校的学术研讨会。来参加学习的人个个都是白色的衬衣，红白相间的条纹领带，中规中矩地坐着，谁也没有和谁讲话。

无意中，我发现了李亚辉，原来他也有来参加学习，只不过离我很远。他没有看到我，此时正目不转睛地盯着窗外。我松了一口气，我一直担心他因为我被炒鱿鱼，看来这种厄运并没有发生在他身上。

我不敢跟他打招呼，并且以后也有可能不再跟他打招呼。这时候一名身穿黑色西装、打暗红色领带的中年男人进来了，他头顶有

17

些秃了，戴了副眼镜，看上去有点学究气。他一进门后，原本非常安静的培训室一下子好像被火种点燃了，满场沸腾起来。所有人齐刷刷地站起来，举起左手升到半空："校长早！"声音之高昂，冲破楼宇，划破长空，感觉天地为之一震。

我愣了一下，我不明白为什么要叫这个人校长。在这里很多人都是老师，大家都互相称对方为老师，令我非常地不习惯。

"学员们早，我是安之庆，是我们明理集团负责员工基本法培训的校长。这里有一些半年以上的老员工，他们都认识我。"他说完转身在白板上写下安之庆几个字，"接下来几天里，我会派出我们明理集团最优秀的老师给大家讲授基本法，请大家用最热烈的掌声欢迎这几位老师，同时希望你们在几天的学习当中给这几位老师更多的支持。"

他说完，陆续出来几名身穿灰色套装、薄施粉黛的女职员。她们脸上挂着职业的微笑，在讲台两边站立后，对台下的人弯腰致意。台下马上响起雷鸣般的掌声，听上去还很有节奏感。安之庆校长就像演奏会上的音乐指挥家一样，挥了一下手后，掌声随着他的手势戛然而止了。

"让我们一起把公司的口号喊一遍，预备——起！"安之庆老师说。

"我们是最优秀的明理人，用最好的服务质量回馈社会；我们是最感恩的明理人，用最虔诚的心回报社会；勇于超越，追求卓越，耶！"

声音再次冲破楼宇、划破长空。

"很好,大家都很有激情,这才是我们明理集团应该有的样子,下面有谁愿意上台带领大家朗诵我们的基本法最前面的12条!"

坐我后面的一个男员工一路小跑上台,接过麦克风开始领读。大家齐刷刷地站着跟着他朗诵起来:

第一条:选择做一个诚实的人比说谎更容易,如果你连这都做不到,那么就请你离开明理。永不说谎,永不欺骗上级是做一个明理人的基本底线;如果发现有欺骗上级的行为,按照情节轻重,至少被处罚50元到500元不等的罚金。

第二条:客户是你的上帝,上帝是最仁慈的,给了你所有的一切;客户是你的父母,给了你生命;如果和客户发生冲突,公司会从薪水里扣除100元,作为公司协调客户关系的费用;情节严重的,至少处罚500元以上。

第三条:男员工上班一律穿白衬衣,戴红、白相间的条纹领带,头发不得遮盖耳垂,刘海不得盖住眼睛,不能留胡子。冬天必须穿深色西装,身体不得有异味;否则,罚款100元。

第四条:女员工必须穿统一的职业装,不得涂指甲油,化妆要恰到好处,不得浓妆艳抹,身上的首饰不得超过三件,除了手表、戒指、项链,其他的首饰均不能戴;否则,罚款100元。

第五条:如果发现员工之间谈恋爱,第一次给予警告,第二次发现一律开除。

第六条:员工之间见面要互相打招呼问好,问好时要面带微笑;

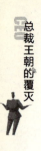

见到上司要鞠躬行礼,表情要严肃。如果发现员工顶撞上级,第一次给予警告,第二次开除。

第七条:不得在任何时间、任何地点发表对公司不利的负面言论,一经查证后,立即走人;同事之间对这种发表对公司不利的负面言论行为要互相监督和检举,如果发现有人知情不报,和当事人一并处罚。

第八条:血浓于水的团队精神是明理之魂,同事之间要互助互爱,一旦在公司发生争吵,没有理由可讲,每人处罚200元;如果第二次再犯,予以开除。

第九条:员工进公司的第三天要学会唱《明理之歌》,一周内要学会公司的各种舞蹈,以及公司基本法前面12条。此三项作为考核员工是否合格的依据,不达标者,试用期将延长一个月。

第十条:不得对公司任何财产铺张浪费,更不能据为己有,员工之间要互相监督检举,如果发现有人铺张浪费,或将公司资产据为己有,不仅当事人会受到严格处罚,知情不报的同事也会一并处罚。

第十一条:不得携带U盘和硬盘等私人物品到公司电脑上下载任何资料,否则,按盗取公司机密处理,情节严重的将上报国家公安机关。

第十二条:公司人员对公司的业务以及薪资待遇有保密的义务,如果发现有人在任何时间、任何地点和他人讨论公司的业务以及薪资待遇问题,被发现后一律处罚100元;员工之间互相监督和检举,如果有知情不报者,和当事人一并处罚。

公司基本法前12条规定他读完了,读得铿锵有声,下面的人回应时群情激昂。我也跟着高声朗读着,很投入,很卖力,丝毫没有意识到接受这些条约将意味着我们失去什么。

当读到第五条的时候,我偷偷地看了看李亚辉,发现他正冷漠地站在人群中,依然望着窗外的高楼大厦出神。

不知不觉三天学习期过去了,我们每天上午上课,下午1:30考试基本法,3:00开始演练。演练的内容五花八门,包括唱公司之歌,跳公司的各种舞蹈,等等;还包括如何鞠躬,如何微笑,如何和客户交流。安之庆校长还特意找来一张DVD,让我们学习各种儒家礼仪,像儒家弟子那样见面鞠躬、问好、行礼。

有一次,一个叫麦子的女老师让我们做一种游戏,她说这种游戏可以让人学会打开自己的胸怀,打开人与人之间的隔阂。她让我们围成一团,每个人互相拥抱对方一分钟。结果将近200个人拥抱下来,足足花了两个多小时。男女之间本不该有的肢体接触全都有了,该有的矜持全都没有了,难怪她说这样可以打开人与人之间的隔阂。

完了之后,她让女员工站在讲台上背对着台下将屁股扭出各种造型,不合格的下班不准走。当她喊出一声:"S"时,上面的女员工赶紧将屁股扭成了S状。下面大部分都是男员工,一时间充满色情味的口哨声响满会场。我委屈地扭完,她说不满意,让我重扭。我又重扭了一遍,她还说不满意,让我下班后留下来练习。

她让下面的男员工自己点,有的员工喊"H",有的喊"F",有的

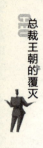

喊"A"。台上的女员工不停地扭来扭去,简直是丑态百出。但是大家却都很高兴,个个精神饱满,情绪激昂,好像在开一场大型派对,玩得不亦乐乎。

到了第四天,我已经累得筋疲力尽了。通过四天的学习我了解到,这200多名员工绝大部分是业务部的销售人员。安之庆校长所说的半年以上的老员工很少,大部分都是新进来的,新员工占总人数的80%以上。

李亚辉有几次碰到我了,我们没有讲话,他好像并不在意公司对他说了什么,但为了顾及我的感受,故意离我远远的。在一次从厕所出来的时候,他看见四周无人,便塞了一张纸条在我手上,上面是他的新手机号。

我晚上回到宿舍用手机给他发了一条短信:你为什么要来参加学习?

他马上复我了:我进公司不到半年啊,你还好吧,我看你好像有点撑不住了。

我说:我还好,只是有些不习惯,感觉像军队一样。

他说:慢慢就习惯了,对了,你被组长说了吧?

是的,你呢? 说到这里,我突然感到鼻子酸酸的,看来我是真的有点喜欢上他了。

没有关系,我不会在意的,我们以后常用短信联系。

好的。

关掉手机后,心情久久地不能平静。

激励的背后——画饼

第五天早上，我照常和往常一样打完指纹就准备去四楼。组长把我给叫住了："这几天感觉怎么样？"我对她说："感觉很好，我学到了很多东西，谢谢组长推荐我去学习！""很好，今天一定要好好表现，总裁上午会过来，不要给市场部丢脸！"

总裁要过来了，我终于可以目睹这位神秘的传奇人物了！我兴奋地连连点头，按捺不住激动的心情，气喘吁吁地跑到了培训室。感觉今天的确有点不太一样，会场重新布置了一番，前排多了一些坐席，看上去比以往更加整洁了。门口还挂上了彩旗和横幅，气氛非常隆重。

我怀着不一样的心情刚坐下，手机震了一下。我摸出手机，是李亚辉：你昨天晚上睡得还好吧？

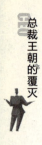

还可以，我说。

他又给我发了一条：总裁要来了。

我说：是啊，我特别激动，终于可以见到他了。他可是一位伟大的创业者，一位慈善家，一位博学的导师，是我们这些打工者心中的偶像！

是吗？他问我。

我说：是啊，他可是白手起家的，以前只是一位传销人员，还做过保险业务员，可现在创立了自己的商业王国，为社会创造了那么多的价值，我将来要像他那样就好了！

李亚辉不再说话了，我的心情继续沉浸在激动和盼望之中，渴望见到总裁的欲望袭满了我的每一个细胞。

就在我激情澎湃、浮想联翩时，我周围突然响起雷鸣般的掌声，把我的思绪全部打乱了。我抬起头，看到一个身穿白色套裙的女职员走上台，她就是让我们拥抱和扭屁股的麦子老师，张总监的助理。她拿起麦克风说："我们最优秀的明理人，大家早上好！"

"早上好！"台下雷鸣般的回应。

"今天告诉大家一个好消息，我们的总裁宋明理先生要来参加本次的基本法学习，和大家一起度过半天的美好时光，大家高兴不高兴？"

"高兴！"我周围的人热烈地回答，我也激动地扯着嗓子，感觉喉咙都快喊破了。

"好的，明理先生会在10点钟之前准时达到，请大家准备一下，我们开始进入我们今天的学习内容。"

和往常一样,朗诵完口号、唱完司歌,我们开始了学习基本法第81条内容。这部分内容是关于业务员在公司发展规划的,安之庆校长用PPT展示给员工一幅非常吸引人的画面,公司基本法第81条规定:

一、业务员转正成为正式业务员后,连续六个月平均每月做到5万的业绩,可以升为业务主任,收入每月平均在10000以上;

二、连续一年平均每月做到5万,可以升为业务经理,收入每月在20000以上;

三、连续一年平均每月做到10万,可以升为高级经理,收入每月在40000以上;

四、连续三年平均每月做到20万,可以成为分公司总经理,年收入在100万以上,再另外奖励一台奔驰轿车;

五、在公司连续10年平均每月做到20万的人员,将成为公司终身员工,从50岁起开始带薪退休,并一次性奖励200万的养老金。

我身边的业务员全体沸腾了,他们兴奋地吹着口哨,喊着口号,整个场面变得非常疯狂。这个数字的确非常的吸引人,尤其是第四条和第五条,100万年薪,是我这种名牌大学出来的人想都不敢想的。而这些业务员,他们普遍没有高学历,却能赚到这么多钱。

我给李亚辉发过去一条短信:同样是人,可人家能拿到这么高的薪水,好羡慕哦!

他马上复我了:画饼。

什么叫画饼？我问他。

他说：他们都是无底薪的，所以才有这么高的提成，而实际上只有10%的人才能做到前2条规定；后面的3条，只有在公司5年以上的老业务员才有可能做到。

我说：这有什么关系，即使做不到百分之百，那也总比我们强一点吧！

他没有再说话，我转过头朝门外瞄一眼，看总裁到了没有。

一直等到十点半了，总裁还没有来。这时台上几个人突然神色慌张地走来走去，好像发生什么事了。最后麦子老师拿起话筒对我们说："不好意思各位学员，总裁先生今天临时有事，把和大家共同学习基本法的行程取消了，我相信总裁先生下次一定会来参加我们的学习对不对？"

"是！"台下雷鸣般的回答。

激动了半天，见到总裁的希望落空了，这让我感到非常失落。但转念一想，总裁是大忙人，怎么可能有时间来跟我们这些人在这里学习？这样想想于是也就释然了。

"我抗议！"一个女声突然尖声高叫。

会场所有人都惊呆了，大家齐刷刷地朝那个声音的方向望去。只见一个身材瘦小的女生站在人群中，她皮肤苍白，消瘦的脸颊看上去没有多少血色，一身黑色的制服使她看起来格外单薄。"我抗议，总裁不是说好了10点钟就来的吗?为什么在大家都精心准备了半天之后，突然就说临时有事来不了了呢？总裁这样做是浪费大家的宝贵时间。"

"请问你是？"麦子老师问道。

"我是销售部的小沈，全名叫沈仕墨，不是什么NO.××号，我抗议总裁这样不尊敬大家，不遵守学习活动的制度。按照公司基本法规定，任何人都不得以任何理由拒绝参加基本法学习。而你刚才一再说总裁今天要来跟我们共同学习基本法，但突然又不来了，是否违法了基本法规定？"

"总裁有决定一切的权力，包括开除任何人，大家说是不是？"麦子老师微笑着说。

"是！"台下的人回答。

从逻辑上讲，这句话并没有什么问题，总裁是这里的老板，他当然有权力开除任何人。于是我也跟着喊"是！"

"也包括开除我吗？"沈仕墨冷笑一声，不卑不亢地说。

"是的，我相信总裁有这个权力。"麦子老师说。

"那好，按照国家劳动法规定，企业如果无故解雇员工，必须支付员工两倍的薪水和其他福利待遇。"

"可以，没有问题，What's your name？"

"刚才不是说过了，我叫沈仕墨。我的上司是陈辉，只有他有权利炒我鱿鱼。你还没有这个资格，我建议你去找他吧！"沈仕墨说完抱着消瘦的双肩坐下了，那双欧式的眼睛充满挑衅地瞪了麦子老师一眼。

会场的气氛变得既尴尬又紧张，麦子老师眼看控制不住局面

了,她大喝一声:"保安!"

门外马上过来一群五大三粗的保安人员。

"有人违反活动秩序,蓄意捣乱,请将这位 NO. × × 号清理出去,以免打扰大家学习。带她到财务去结算工资,然后让她走人。"麦子老师气势十足地命令道。

保安走过来:"对不起,我们必须听从领导的指示,请问您是?"

"我是行政部张总的助理麦子,由我代替张总发言,这总可以了吧!"学员闹场子,保安不给面子,颜面尽失的麦子老师说完后快哭了。

张总总算出现在门口了,他虎着一张脸走进来,把保安队长叫过去耳语了一番。队长走到沈仕墨面前,客气地对她说:"沈小姐,请您跟我到行政部走一趟。"

"哼,去就去,大不了开除,谁怕谁!"沈仕墨说完看都没有看保安队长一眼,自顾自地朝楼下行政部走去。几名保安跟在她身后,一路浩浩荡荡地去了。

原本一场令人兴奋的学习课程因为总裁临时缺席变得索然无味了,大家都坐了下来,会场很快又恢复了和谐。张总这时候走上台,双手一挥说:"请大家继续听课,如果再有人捣乱,就像刚才那位女员工的下场一样。我希望大家能够遵守明理的游戏规则,如果你因为总裁没有来就违反秩序,带头闹事,是不可能成功的。我们明理集团从创办到今天,走过了无数的风风雨雨,什么都经历过。像刚才那位姓沈的女员工我见得多了,我希望你们不要学她,那样对你们没有好处。好了，多的话不说了，下面由我的助理带领大家继续学习。"

麦子老师这时笑容满面地走上台，仿佛什么事都没有发生一样，带领大家继续学习起来。

此时，对沈仕墨的担忧让我有些坐立不安。她是那么的瘦小，那些牛高马大的保安们个个虎视眈眈地跟着她，天知道他们会把她怎么样？她会被扫地出门吗？

不知不觉，一天就过去了，李亚辉今天没有和我联系。

06 / 能迅速提高业绩的神话和谎言

第六天的早上来到五楼,发现今天的气氛再次搞得非常隆重。走廊铺了红地毯,门口放着花篮,横幅上写着:热烈欢迎时小雨、刘正光两位老师莅临我司! 我心想这两人是谁呀,正在纳闷时,旁边一幅巨大的广告吸引了我,其中有一个老师是女的,她看上去正处于花季之年,化过妆的艺术照使她看起来很美,大幅巨照下面有关于她的介绍:

1980年,时小雨老师在郑州××区出生,现任国际顶尖营销大师陈艺第三代弟子。凡是听过她的课程的人士,在销售行业都能创造奇迹;××年×月,时小雨老师在一次给××集团的营销培训课程中,成功促使该集团销售人员当场和客户成交,成交金额达到286万;××年×月,时小雨老师在×地的巡回演讲中,促使当地××集团当月营业额达到×亿元,比同期增长百分之三百。

后面还有一连串的介绍,全是这位时小雨老师在给一些公司做培训后,促使那些公司销售额马上增长的神话。

另一位叫刘正光的老师,原先是在一家500强的保险公司做行销主任,月薪达到5万元。拥有如此高收入的他,现在辞去了那份工作,专门在全国巡回演讲,将自己的行销经验传授给听他课的人。他的课据说还被编写成教材,在全国广泛传播。

这时麦子老师进来了,说今天来的这两位老师,分别要给业务部的销售人员进行销售技能的培训,让我们珍惜机会认真学习。由于我们公司的培训业务主要是针对企业中高层管理人员和中学生,没有专门针对销售技能方面的培训,这两位老师是花了很多钱从外面请回来的。

我是学市场营销的,销售技巧方面在学校没有经过特殊的训练,听麦子老师这样一说,我对今天的课程便抱着非常重视的态度,希望在理论的基础上学到更多的实践经验。

上午是时小雨老师授课,时间是9:00～11:30,共两个半小时。到了9点零5分左右的样子,时小雨老师还没有来。就在大家都翘首企盼时,门外突然响起了稀里哗啦的掌声。我回过头,只见一位身穿白色西装、留披肩发的女性在众人的簇拥下走了进来,她的身后还跟着一位40多岁的摄影师。

这位女性和照片上那个千娇百媚的花季少女比起来差距太大了,她看上去32岁左右的样子,皮肤黝黑,头发很多油,好像很长时

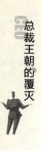

间没有洗澡一样。经过我身边时，从她身上散发出来的味道令人感觉很不舒服。

时小雨老师上台后，满脸笑容对我们说："大家好！"

"好！"台下的人热烈地回答。

"很好，大家都很有激情，不愧是我们销售行业的精英。我今天来主要是教大家三个方面的内容，第一、调整心态；第二、沟通技巧；第三、现场销售；我相信大家听了我的课后一定会有一种全新的感受，我不仅仅是教给大家一种理念，讲完课后我们还会一起在现场进行操作。"

台下响起热烈的掌声，看来很多人都很期待，想看看这位创造了那么多销售神话的老师待会会儿带给我们什么样的内容和感受。

"第一步，心态。"她说，"对做销售的人来说，心态非常重要。现在我只是简单地说一些调整心态的小技巧，把这节课留给下午的另一位老师，由他给你们详细讲解。我想问大家一个小小的私人问题，你们有没有尝试过穿着漂亮舒适的睡衣品着香槟听着轻音乐给你的客户打电话？"

"没有！"台下的人回答。

"所以说，心态非常的关键。当你在给客户打电话的时候，对方能感受到你的心态，你说话的语气速度都能够影响到对方。如果你穿着漂亮舒适的睡衣品着香槟听着轻音乐给你的客户打电话，你传达给他的感觉一定是不一样的，这样的成功率会比平常高许多。"

"我是男的，怎么穿睡衣给客户打电话呢？"一个坐在前排的业务员问。

他旁边的业务员说："那就穿短裤，或者干脆不穿嘛！"

台下一阵哄笑。

讲完心态，花了半个多小时，时小雨老师开始给大家讲沟通技巧。她让我们站起来学着从丹田发声，由最低音阶增加到最高音阶，一直持续这样的音调，然后闭上眼睛想象自己的声音冲破整栋楼，在宇宙间回荡。她说每天这样练习可以提高我们说话的底气，让我们在跟客户交流的时候更加自信。

又过了半个多小时，时小雨老师说大家都累了，该放松一下了。这时候讲台上响起了韩国歌星李贞贤的疯狂舞曲，台上的时小雨老师突然像被电击了一般全身疯狂地上下扭动起来，漫天狂舞的头发使她看起来像夜总会舞台上的歌手，上蹿下跳，非常野性。台下的人有点拘谨，只有少部分人跟着一起扭动着。而台上的时小雨老师不管这些，继续她自己的快乐和放松，整个人 high 了不下 20 分钟。直到李贞贤的第 5 首舞曲都放完了，她才满头大汗地停下来。

到现场销售的环节了，这是大家最期待的环节，我相信每个人都和我一样，在等待奇迹的出现。时小雨老师让我们用刚才穿睡衣和喝香槟听轻音乐的心情给客户打电话，业务员们纷纷掏出手机找出客户资料，按照时小雨老师说的方法给客户打过去。我不是销售人员，故坐在一边没有动。时小雨老师扫了我一眼，她看上去有些不高兴。

现场销售环节结束了，时间已经是 12 点，并没有一个销售人员

现场促成业绩，只有一些销售人员说和客户约好了会面的时间。这时候一直跟着拍时小雨老师的摄影师飞快地把每个业务员的姓名和电话以及约到客户的信息记录了下来，我想这可能将成为时小雨老师下次做广告宣传的又一次神话故事吧！

到了下午，那位刘正光老师进来的时候我正低着头作笔记。他说了很多，我只记得其中一个最经典的，就是当销售人员在对客户进行推销被拒绝后，完全不用感到沮丧，可以把对方当成三岁的小孩尿床。他说他以前就是靠这样的心态成功成为行销主任的，每碰到一个冲他发火的客户，他就笑着告诉自己：看，他尿床了！

他说话很幽默，颇有赵本山的表演天分，引来一下午的满场笑声，大家显得既轻松又愉快。而我听到这里已经不想听了，感觉这两人就像跑江湖的骗子，抑或像两个卖艺的小丑。销售是一门严谨的学问，个中技巧虽然涉及方方面面，但如果销售人员个个沦落到甘当小丑的份上，我只能说这是市场经济的悲哀！

尿床课程结束后，刘正光老师在现场销售了200本由他本人独创的《职场营销宝典》。那些书没有经过正规的出版社，包装得金碧辉煌，每本价格300元。所有业务员都买了，人手一本，唯独我和李亚辉没有买。

麦子老师进来，问今天的学习课程大家满意不满意，大家都说很满意。麦子老师说那好，以后我们要按照两个老师所讲的内容进行严格化训练，相信大家都能创造奇迹。

检讨风波

在第七天，我由于底子好，顺利通过了各种考试。到了下午四点钟的时候，我一身轻松地伸了伸懒腰，朝李亚辉那边望过去，想看看他在干什么，这时候我发现他根本不在座位上。

正当我纳闷的时候，沈仕墨在两名文员的陪同下一脸不屑地走了进来。这时全场鸦雀无声，大家都想看看接下来会发生什么事。而我对沈仕墨的担忧在此刻也越来越浓，我不知道会发生什么厄运在她身上。

一个胖点的文员拿着一份文件，对全场人员说："大家辛苦了，经过了连续七天的学习，大家感觉怎么样？"

"学到了很多东西。"下面的人跟着回应。

"很好，看来大家都是很爱学习的人，其实我们每个人进来都会

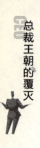
经过这样一个阶段。只有经历了这个阶段，我们才能在自己的工作岗位上把工作做得更好。我们今天来呢，是有两件事，第一件事就是祝贺大家学习圆满成功，我们等会儿要给每位同事颁发一份合格证。此外还有一件很重要的事，就是在此次学习中，有一位同事非常地不配合，给大家的学习造成了严重的干扰。经我们行政部开会讨论，一致通过让这位同事在大家面前做检讨，现在让这位同事站到前面来。"

沈仕墨这时站在了讲台最中央，两排保安威风凛凛地站在她旁边，排成两条整齐的直线。张总和安之庆校长还有公司一些其他高层均坐在台下的第一排，气氛显得非常凝重。

我充满同情地看了瘦小的沈仕墨一眼，其实从她进门的那一刻，我就一直在关注她的一举一动。她看起来并不害怕，反而有些玩世不恭的样子。当文员示意她站到前面后，她几步走到前面，对全场人笑了笑，清了清嗓子便开始发言：

各位领导，各位同事，我叫沈仕墨，来自业务部。我排在17位，大家平常都叫我17号。我毕业于武汉一所大学，学了四年的工商管理，但没有成为一名HR，而是选择了做一名销售人员。

销售非常的辛苦，经常要出差，全国各地到处跑，还要每天被人拒绝。但我非常热爱这份工作，因为它能体现我热情的天性。我是个不喜欢受到约束的人，非常不适应在复杂的人际关系中生存，所以我热爱销售。我相信我们销售部的每个人都知道我的个性，我平常总是乐于去帮助他们，他们失意的时候，我给他们打气，他们情绪低落的时候,我帮助他们调整心态,他们业务上遇到困难的时候,我给他们一些技术性的指导。

可是我这样一个人,却常常因为过于较真,得罪了很多人。就像这次来参加学习吧,本来像我这样进入公司两年多的老业务员是不用来学习的,可领导们一致觉得我悟性不够,要我加强学习和锻炼。我并没有怪罪这些领导们,我知道他们是一番苦心,他们想让我通过学习成长,但我就是不长记性,居然和总裁抬起了杠。

总裁是大忙人,他每天都要穿梭不同的城市去演讲,还要经常到国外去学习,自然不能和我们这些普通员工等同。其实我并没有真的和总裁有没有来参加学习较真,我只是出于一种恶作剧的心态,因为我看大家学习得实在很辛苦,所以想给大家来一点调料。如果我的行为给你们造成干扰,我诚挚地向你们道歉。

我是个成年人,公司经常教育我们要有社会人心态和成年人逻辑。所以,我应该为我的行为负全部责任。我决定通过辞职来惩罚自己,这是我的检讨信,也是我的辞职信。不好意思,给各位领导和各位同事添麻烦了,请大家原谅我!

沈仕墨说完,将一封辞职信交到胖文员手中,转身就要走。

"这位职员请留步!"一个听上去非常浑厚的声音从后面传出来。

我跟随人群转过头,看到一个40多岁、一身白色西装、戴一副金丝边眼镜的男人从后面走到前台。他就是总裁,现在他真真切切地出现在我面前。他看上去有些发福了,外形比较阳刚,气质很儒

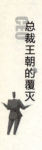
雅,身上似乎又有种其他的东西,看不见,摸不着,隐隐从人性中透露出来,让人没有安全感。

我感到全身都僵硬了,从他进门的那一刻起,我的眼神就没有离开他。我跟随着他的一举一动,生怕漏掉了每一个细节。

"总裁,我们爱你!"前台的一干女老师们蜂拥而上,将总裁团团围住。

一个女老师泪流满面地捧着总裁的手:"总裁,你可回来了,没有你的日子,集团好像失去了灵魂,大家都不知道怎么办了!"

"大家辛苦了!"总裁露出一口洁白的牙齿,对大家挥了挥手。

"总裁辛苦了!"台下的人一阵狂呼。

"前两天我去了一趟山东曲阜,学了很多东西。在那里,我见到了很多韩国人,他们都很有礼貌,将儒家的仁、义、礼、智、信继承得很好,我在那里感觉自己像回到了那个几千年前的礼义之邦。回来后,我打算将我学到的心得传授给大家,传授给我们的每一个明理人,让大家做一个文明礼貌、充满仁义的明理人,大家说好不好?"

"好!"我举起手高喊起来。

总裁朝我这边看了一眼,他对我微笑着点了点头,我一阵狂晕,差点没有昏过去。

"过两天我还会飞往韩国,去那里的儒学院进行为期一周的学习。本来前天想回来跟大家见面的,但因为发生了一点小插曲,导致我没能脱身,没有及早地回来跟大家见面,跟我们的新同事认识。今天我特意把所有的活动都推掉了,赶回来见大家!"

"大家说，有这样的总裁做我们团队的领路人，幸福不幸福？"麦子老师大声说。

"幸福！"台下的人回应。

总裁和麦子老师拥抱了一下。

这时候我发现沈仕墨手上多了一束鲜花，不知道是谁给她的。

"我没有回来之前，听我的助理说，公司发生了一点小插曲，是因为我没有履行诺言，这位女员工要跟我较真。所以我把所有的活动推了，特意回来处理这件事。我希望能够给大家树立一个好的榜样，我们是成年人，同时也是社会人，要有成年人的逻辑和社会人的心态，就像刚才这位女员工说的，我必须要为我的行为彻底负责。"

台下鸦雀无声，总裁清了清嗓子，继续说："说来真是惭愧，我一直以高标准要求我的员工，对自己却忽略了太多。其实，刚才站在这里检讨的不应是这位员工，而是我自己。因为我的失信，给大家的学习造成了不愉快的阴影，我在这里给大家致歉了！"总裁说完鞠了一躬。

台上台下一片唏嘘声。

沈仕墨这时走到前台，把手中的鲜花捧到总裁面前。总裁接过她手中的鲜花，举起鲜花对台下的人挥了几下，接着一把握住沈仕墨的双手："我刚才听了你的演讲，非常好，我诚挚地邀请你留下来。"

沈仕墨默然地点了点头。

检讨风波就此结束了，我感觉总裁还有很多话要对我们讲，但时间已经是晚上 6:30。工作人员都说总裁坐了一天飞机太劳累了，

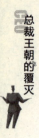

要早点下班休息，于是大家就陆续散会了。

从明天起，我就要回到公司，继续开始我的文案工作。

晚上躺在床上，想到白天发生的一幕幕，顿感总裁人格之伟大，实在非一般人所能比。初次见他时那种不安全的感觉在我的脑子里消失得无影无踪。

　　培训结束后，早上回到部门，组长让我在部门晨会上做分享，讲授我培训的心得和感悟。我简短地将七天培训总结了一下，拿到台上去进行了一番演讲。演讲完毕后，组长让我背诵基本法前面12条内容。由于在那七天培训中反复在讲这12条，并且每天都会集体喊上两遍，所以我在背诵的时候并没有觉得太费劲，很顺畅就背下来了。

　　"很好，"组长说，"我希望每个人都像12号这样，在短短的几天时间内把所学的内容全部背下来。让我们用掌声欢迎她凯旋归来，同时我希望她以后在公司能更好地发挥，将所学的内容运用到工作中，和大家更好地共事，把工作推上一个新的台阶。"

　　组长奖励我的话，我听到却觉得非常的不舒服，感觉这些话里

没有任何实质性的内容,是那样的空洞、干瘪、流于形式。接下来,她让我带领大家清唱司歌和跳司舞。清唱司歌没有什么问题,我很喜欢音乐,并且在学校还拿过这方面的奖。于是我清清嗓子,很快就带领同事把司歌给清唱了一遍。唱完后组长连连鼓掌,说我进步很大,没有白白浪费公司资源。

可接下来跳司舞就难倒我了,我根本就不会那些由忠字舞改编而成的舞蹈,每一个动作对我来说都异常的艰难。一支舞跳完下来,组长的那张脸像被秋霜打蔫了的茄子,越来越难看了。她狠狠地瞪了我一眼,说:"这就是我们去花了七天时间学习回来的员工,你看你跳的什么舞?根本就像僵尸在走路一样,去学习之前是这样,去学习了回来还是这样,浪费公司的时间和资源!"

我像个做错了事的孩子一样,低垂着头一言不发地站在角落里,任凭她数落。她说完后,李亚辉站了起来,说:"组长,我觉得卓一君她已经做到够好的了,请你不要这样对她,跳舞和唱歌一样,需要靠天分,不见得你就比她强!"

组长愣了一下,说:"你什么意思?这里是公司,我做事都是按照公司的制度。如果你觉得这样说她不公平,那么公司花费了大量的人力物力给员工做培训,结果培训完回来后还是这个样子,对公司公平吗?"

"你不需要动不动抬出公司的制度,我只是希望你对事不对人,做事公平一点。这里的人包括你自己跳舞跳得都不标准,凭什么要求一个新员工跳舞跳得很标准呢?再说,舞跳得好不好,跟我们的工作真的有很大关联吗？我们是来上班的，只需要做好自己的本职工作，对得起公司给我们的那份工资。至于其他的，我们可以选择做，也可以选择不做，你没有资格要求我们。"

组长气得脸色铁青，说："公司有公司的游戏规则，如果你想加入进来，就必须遵守公司的游戏规则，和大家一起玩。如果你想自己创造规则，那么，请你离开。"

眼看着事情越闹越大了，我像个罪人般站在一边，不知道该帮谁。

李亚辉说："我离开不离开是我的自由，你想炒我鱿鱼，你凭什么炒我？"

组长说："凭你违反公司基本法，在公司谈恋爱！"

"你有什么证据证明我在公司谈恋爱？我和女同事说说话出去吃顿饭就是谈恋爱了？那你和男同事一起坐车一起回家又算怎么回事？再说国家哪条宪法规定员工不可以利用业余时间在一起沟通感情？"

组长顿时满脸通红，指着李亚辉的鼻子："你、你给我滚出去！"

我连忙过去拉住她："好了不要说了，都是我不好，组长，对不起，我一定会利用业余时间好好练习，不要吵了！"

组长一把推开我，说："你们两个，各自收拾一下，去财务室结账。"

李亚辉说："走人就走人，你问问这里的人，谁稀罕在你这巫婆手下做事？你这辈子只能做个组长在基层混了，坏事做多了迟早会

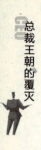
得到报应的！"

"好了不要说了，我求你了！"我冲到李亚辉面前，哀求地看着他。

李亚辉说："一君，对不起，我让你失业了。你放心，我不会不管你的，有什么事我跟你一起去面对！"

"亚辉，我不想走，我不想失去工作！"我说。

"那好吧，你自己好好保重！"他叹息一声，开始收拾自己的东西。

张总听到争吵声朝这边走过来了，"等一下，"张总将李亚辉制止住了，"先不要走，我让人来调查清楚情况再说。"

就这样，张总经调查后，没有发现我和李亚辉之间有亲密的情形，于是我和李亚辉暂时被留下来了。组长看到我和李亚辉时总是板着一张脸非常不高兴，张总后来和组长不知道说了些什么，又让李亚辉给她道了歉，她才总算没有再继续追究。

事情过去三天后的一个周末，我和李亚辉约在郊区的一家餐厅见面了。这里离公司很远，想必不会有人看到我们。我们俩像做贼一样一前一后地进了餐厅，找了个隐蔽的地方坐了下来。他看上去心情很沉重，几天下来人也瘦了一圈，令我非常的过意不去，"对不起，都是因为我不好，是我把你害成这样！"我说。

"不怪你，来公司这么久了，对这里的一切规章制度我还是很不习惯。要不是因为你在这里，我可能早就走了。一君，跟我走吧，我们一起离开这里，天下之大，总有我们的容身之处。何况你和我都有学历有技能,不怕找不到工作!"

"不,亚辉,我好不容易找到这样一份工作,才上了两个多月的班,我真的不能就这样离开。这里的很多规定确实是不够人性化,但我们现在还没有办法去改变它,相信以后应该会慢慢好起来的。能忍的我们就忍,实在太过分了我们不是还可以去劳动局吗?再说,你重新找一家公司,又怎么知道那一家会比这家好呢?万一还不如它怎么办?"

"一君,你说我们还会继续好下去吗?"他忧伤地看着我。

"我也不知道,就这样偷偷见面也挺好的,公司想管我们其实没有那么容易,那些条规不过是形式罢了!"

"那你的意思是我们继续交往下去,就在公司的眼皮子底下,是吗?可是一君,这样不是办法,公司迟早会发现的。我有个朋友他开了一家公司,让我过去,刚开始工资虽然少一点,但我们至少可以光明正大,还活得舒心自在!"他说完将我的手紧紧握在他的手心。

"这个,你让我再考虑一下!"我郑重地将手抽出来,我还没有想好是否应该跟他走。准确地说,我根本没有心情跟他确定恋爱关系,尽管我喜欢跟他在一起,但在这样的环境下,我实在是没有心情去谈情说爱。

08
缺乏人性的管理

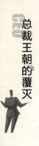

09
"伟大的圣人总裁"

——宋明理本来的名字叫宋樵山，由于崇尚孔子儒学，事业成功后，为效仿圣人，给自己起了个这样的名字，这名字很容易让人联想到宋明理学。宋明理的确不简单，虽然没有像时下一些企业的高管那样有留学海外的经历，但也曾就读国内某知名师范大学。读了一些才子佳人的他，于20世纪90年代来到中国深圳，准备赤手空拳地干一番惊天伟业。

初次创业的宋明理，经历过很多常人难以想象的挫折，他曾经干过传销，被抓进去蹲过监狱。后来在国内某500强保险公司当过业务员，因为业绩出众做到了行销主任。于2002年开始创业，注册了一家以培训为主要业务的有限责任公司。公司在2005年的时候进行整改，整改后更名为明理教育集团。明理教育集团的总部设在特区深圳，在全国有 10 多家分公司。

——"明理集团总裁宋明理先生今天再次看望此次洪涝灾害中失去家园的儿童，2008 年以来，明理集团总共向社会捐助资金高达 1800 万元。

——明理集团宋明理先生向中国红十字会捐助 10 万元。"

以上是我在百度上输入"宋明理"三个字后显示出来的部分内容。

公司网站上同样记载着总裁的传奇人生经历：

1988 年，宋明理先生在××师范大学毕业。他从小家庭贫困，学习成绩优异，从中学开始拿奖学金，每次把拿到的奖学金用来孝敬父母和帮助身边的贫困生。

在大学期间，宋明理先生由于各方面表现优异，毕业后曾有机会赴美国芝加哥大学读书。但先生深感祖国更需要高等优异的人才，一度放弃了这样的机会。明理先生是一位勤俭爱国的企业家，他曾多次奔赴抗震救灾的第一线，带领员工为灾区人民送上各种生活物资援助。

20 世纪 90 年代中期，明理先生辞掉了他在老家当一名教师的工作，来到深圳特区。他曾经做过各种工作，但都没有尝试成功。后来在一个朋友的帮助下，认识了一位来自美国的教育专家。该专家是美国一所高等学府的管理学教授，是美国一所权威机构的会员，和明理先生两人一见如故。不久，明理先生跟随他去了美国，用三年的时间在先进发达的国家学习全球最精湛的企业管理知识。

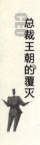

学成归国后,明理先生决定创办明理顾问有限公司,帮助中国的中小企业如何在逆境中更快更好地发展。在六年时间里,他带领明理集团服务了中国将近30万家的中小企业。公司于2005年开始扩大规模,由明理顾问有限公司改为明理教育集团,公司业务由企业培训咨询到中小学生计算机英语教育培训,以及图书音像的制作发行,成为一家真正的教育培训机构。

公司2006年营业额首度突破一个亿,每年以百分之两百的速度增长。到2008年上半年,公司业绩已经突破2.8亿。

取之于民,用之于民,这是明理先生一直所教导我们的做人原则。滴水之恩定当涌泉相报,为回报社会,公司在三年来共向社会捐款多达2000多万元。

明理先生常常教育我们如何做一个对社会有用的人,用明理的司规规范我们员工的各种行为。他也常常对员工做家访,对有困难的员工给予各方面的支持和援助。有一次一个员工母亲病逝了,明理先生见该员工家里孤儿寡母,没有人帮忙,亲自带领我们组成一个项目组,上门帮助该员工料理母亲的丧事。有这样一位真心关爱员工、关爱社会的领导人,是我们每一个明理员工的福气,也是我们每一个明理人学习的榜样。

接下来是总裁在央视某套节目上侃侃而谈的画面;总裁在抗震救灾中带领员工亲赴灾区现场的画面;总裁向灾区捐款的画面;总裁捐助希望小学的画面;以及公司年会上总裁指挥公司全体1000多名员工举行列仗仪式的画面,整洁的队伍,锣鼓喧天的场面,丝毫不亚于奥运开幕仪式和国庆大阅兵的场面。

总统之所以是总统,是因为他有总统的人格魅力!——这是出自西方的一句格言,写在了公司的网站上,被用在了总裁身上。这在当时的我看来,是那么的贴切。总裁虽然比不上一个国家的总统,但对我们这样一个公司来说,他就像一个总统一样,承担着整个公司的命运,用一言一行在影响着我们。

我从早上把宣传册所需要的文字写好后,就一直在看这些资料,看得我头昏脑涨。这时李亚辉过来了,他把设计好的图纸放在我的桌子上,没有说话就走了。我打开图纸看了一下,发现他压了一张纸条在下面,上面写着:一君,今天下班后我在麦当劳等你,有重要的事情跟你说,一定到!

我愣了一下,不知道是该去还是不该去。那家麦当劳离公司很近,万一被组长知道了,肯定会炒我俩鱿鱼。可是不去又觉得不好,我们确实已经好几天没有见面了,我也有很多话要对他讲。就这样犹豫了很久,我还是决定去。

中午下班后,我没有到食堂去打饭,而是直接打车去了离公司大概五站地的麦当劳。李亚辉已经在那里等我了,看我进来后,他把我拉到二楼,找了一个靠近厕所的隐蔽处坐了下来,"想喝点什么?"

"随便吧!"

他起身去点餐了,我朝四周看了看,没有发现公司的人,便呼了一口气,躺在椅子上舒服地闭上眼睛。

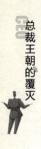

"在想什么呢？"李亚辉把一包薯条和汉堡还有可乐放在我面前问。

"我在想，为什么总裁那么仁慈，而公司却有这么多的不合理，对员工这么不人性化。我每天觉得很压抑，晚上回到宿舍，住在一起的人彼此都不认识也不讲话。工作间也经常调换，害得我连个说话的好朋友都没有。"

他笑了笑，说："你太天真了，难道你还看不清楚吗，如果总裁不那样，其他的管理层敢那样吗？他们不希望我们互相成为好朋友，想让我们每个人都孤立，这样比较容易对付。"

"可是我觉得总裁是个很好的人，他做了那么多慈善事业，又那么博学，真的很了不起。我无法把伟大仁慈的总裁和公司那些管理者们的嘴脸联系起来，也无法把总裁和公司一些缺乏人性化的管理制度联系起来。总裁经常不在公司，他可能根本就不知道这些吧！"

"傻姑娘，公司那些基本法，那些条条框框多如牛毛的规定，就像我们国家的宪法一样，除了公司的核心高层，哪个中低层的员工能够决定？"

听他这样说，我低下头沉思起来，想来想去，我还是无法把总裁和公司种种不合理的现象联系在一起。

"不想那些烦心事了，你打算怎么办？"他问我。

"我觉得我们还是少见面的好！"我郑重地对他说。

"怎么了？你还是很在意吗？"

"是的，我还是很害怕失去这份工作，虽然公司有很多地方不够人性化,但相比起我每天在烈日底下找工作,我觉得现在的一切都在我能够承受的范围内。"

他说:"可是我们不能一直这样偷偷约会吧?就算你真找不到工作的话,不是还有我吗?我都说了我有个朋友在自己开公司,我们可以去他那里。"

我很想说我不想依靠男人,何况你的朋友也处在创业初期,自身都难保,他能给我高的薪水吗,能给我升职和发展的空间吗?但我忍住了没这样说。

"好了不要说这些了,你叫我出来有什么重要的话对我讲?"我说。

"没有,就是想约你出来放松一下,从那天在郊外见面后,我们就没有再说过话,每次都是发短信。"

我冒着被开除的风险跑出来见他,原来他什么重要的事情都没有,我气愤地扔下薯条,霍地一下站起来:"那我们以后还是发短信吧!"

他急忙跑过来拉我:"一君,不要这样,我是有重要的事情要跟你说!"

我没有理会他,一把甩开他的手推开门走出去。

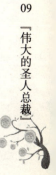

10/
业绩不是靠体罚获得谱吏

9月1号的早晨，公司好像要举行一项重大活动。9点钟的时候，我看到门口摆了很多椅子和道具，有剃头刀，剪刀，等等。"这是要干什么？"我偷偷地发了一条短信给李亚辉。从那天我生气离开麦当劳后，一直没有跟他说话，之后他发了好几条短信给我，我都没有回。

体罚，他说。

什么叫体罚？我不解地问。

所有没有完成上季度工作任务的人都要被体罚。

那也包括我吗？

不包括，因为你还在试用期，试用期的人是不接受体罚的，以后会。

我突然想起这个月是我最后一个月的试用期，来公司马上三个月了，到下个月就要涨工资，心里不觉暗自高兴了一下。

　　组长过来了，说："请大家9点半准时到公司门口集合，参加公司每个季度的体罚仪式。"

　　天啦，体罚还有仪式，没有搞错吧！出于好奇，我等电脑上的时间刚一显示9点半，就急不可耐地搬着椅子准备出去。这时候我看到李亚辉在笑我，并对我摇了摇头。我没有搭理他，继续搬着椅子往外走，其他同事也跟在我身后陆续走到公司门口。

　　已经有很多人在门口宽阔的操场上围成一团了，我找了个靠前的位置坐了下来。袁小丽过来了，她挤到我旁边，我们俩兴致勃勃的心情简直就像看节目表演一样。

　　"小丽，你有被体罚过吗？"我问。

　　小丽郑重其事地点了点头，说："有！"

　　我好奇地问："啊，不会吧，你怎么了？"

　　"因为我那个季度的工作报表没有按照公司规范的内容填写，不算完成工作，所以被体罚了。"

　　"怎么罚的？"我问。

　　"公司对女孩子会比较宽容，女孩子被体罚一般都是蛙跳、跑步、跳舞之类的，他们男的就要惨一点，不信你等着看吧，简直是要多糗有多糗。尤其是业务部的，他们人最多，所有没有完成业绩的人都要被体罚。"

　　袁小丽话音刚落，业务部有50多个业务员排成一条长长的队

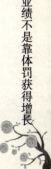

伍过来了。他们像东京大审判中的日本人一样，低垂着头，站在场地中央。全场沸腾了，有尖叫声，有口哨声，有啧啧惊叹的声音，也有幸灾乐祸的声音。

我有点看不过去了，难道因为他们业绩没有完成就成了罪人吗？不去寻找解决问题的方法，却通过这样的方式，不仅会伤害到员工的心灵，对业绩提升根本不会有任何帮助，真不知道是谁想出来的这种缺德招！既然体罚能够使业绩获得增长，那为什么每个季度都有很多业务员完不成业绩呢？

"我觉得他们挺可怜的，像公司的罪人一样！"

小丽拍了一下我的肩膀："没有什么的，我们都经过了，你以后说不定也跟他们一样。不过我们内勤受到体罚的机会要少很多，他们业务部每个季度都会有很多人受到体罚。"

"通过这样的方式难道就能使业绩获得增长吗？业绩没有完成肯定是各方面的原因，一是目标定得太高了，二就是公司的广告宣传和客户服务做得不够好，三是对员工技能的培训做得不够好，还有一个最重要的因素就是公司的产品和市场上同类产品比质量差、价格高。"我刚说完，张总朝这边走过来了，他可能听到了，狠狠瞪了我一眼，我闭上嘴不敢再说话。

体罚的员工，其中有 5 名业务经理被剃了光头，另外 5 名把衣服脱光了，穿着内裤围着会场跑一百圈；还有 2 名跪在地上，围着会场跪行 5 圈；剩下的人，分别每人做 300 个俯卧撑；最后两个男业务员穿着花裙子围着会场做 10 圈的蛙跳；女业务员只有十多个，受到的处罚是帮公司的每个人擦皮鞋和按摩。

我像看侏罗纪公园一样看着眼前的这一群人，被剃光头的5个人满脸尴尬地站在台上，脸上的表情沮丧极了；5名穿内裤围着会场跑的业务经理，跑完后回到台上，耷拉着脑袋；跪在地上跪行的两个人，其中有一名裤子蹭破了，膝盖开始出血，可他依然艰难地跪行，地上留下点点血泪斑斑的痕迹，他身后跟着一大群人在为他加油，两台摄像机一直跟着他，把他脸上痛苦的表情、满头的大汗和地上的血迹全部拍了下来，这些画面将会用做业务部的激励课程。

另外一位跪行的人，可能知道自己今天会扛不住，穿了两条棉裤，但最后当他跪完的时候，累得瘫倒在地上说不出话来了；做俯卧撑的人，在做满了300个俯卧撑之后，其中有几个口吐白沫，当场差点晕死过去。

体罚结束了，负责行政的副总裁廖永辉跟另一位副总裁陈明丽过来了。廖总一脸沉痛的表情走到场中央，大家顿时安静下来，每个人的表情都很凝重。

"各位，大家刚才所看到的，是我们明理集团所创造的业绩增长激励法。我们明理集团有今天的成就，不仅靠我们过硬的技术，还有我们独特的军队管理方法，以及我们的狼性文化。大家都知道，在军队里面，有很多的处罚规定，这些规定就是军队的高压线。一旦触犯到这些高压线，你就必须接受处罚。所谓的狼性文化，狼的本质是团结和凶残，我们明理集团有一个口号，就是——"

台下的人齐声喊道："男人要对自己狠一点！"

"对,没错,男人要对自己狠一点,其实我们的销售员里面女性是比较少的,既然我们都是男人,就要对自己狠一点。看到大家每个季度都有人受到这样的处罚,我心里也很难过,真是罚在你们身,痛在我的心。我很不愿意看到这样的场面,我希望你们每个接受过处罚的人,都要记住那一刻的耻辱,化悲痛为力量,下个季度,下下个季度,我一定要达成目标,永远都不再经历这样的耻辱,大家能不能做到这一点?"

"能!"台上台下的人喊成一片,我看到台上很多人的眼圈都是红的,几个女孩子哭得一塌糊涂,看得我心里很不是滋味。

"一君,你怎么了?"袁小丽问我。

"小丽,这种像处罚犯人一样的体罚制度,完全侵害了员工的尊严,它是否符合我国劳动法?另外廖总说到军队管理制度,可公司毕竟不是军队,怎么能用管理军人的方法呢?"

"反正我也不知道,公司经常靠这种体罚来激励员工,还做成PPT展示给员工看呢。我们是'被自愿'的,每年在做年度计划的时候都要自己承诺,还签了字,到时候劳动局来查的话,公司也可以拿员工亲笔签的承诺给劳动局看。"

我突然感到背后发凉,真希望这样的事永远都不在我身上发生。可看到那些受处罚的人,我就能够心安理得么?

　　部门今天很忙，下午在某大学驻深圳科研机构有一个研讨会，邀请总裁致开幕词。我前几天就接到任务，这几天一直在忙着给总裁设计开幕词和准备出席会议的各种东西。

　　李亚辉把设计好的图纸拿过来递给我的时候，我正盯着电脑上显示的资料发呆。前段时间西部某地区又发生地震，总裁前两天带领公司人员亲赴现场，回来的时候病倒了。昨天又出去讲课，据说讲完后晕倒在讲台上了。

　　"在想什么？"李亚辉问我。

　　"哦，没、没什么？"

　　"我打算辞职了。"他说完后把图纸放在我的桌子上就出去了。

　　这突如其来的事件让我有些措手不及，我想去找他，那座塔却

出现了。我急忙关掉网页，将李亚辉放在我桌面的图纸拿过去。

"组长您看一下，需要准备的东西我们全部都做好了。"

组长接过去看一眼："总裁身体很不好，可能到时候需要从我们部门调一个人过去帮忙。"

"我去行吗？这些演讲稿内容都是我写出来的，会议安排我也懂一些，相信我一定能行的。"我的潜意识一直渴望能接触到总裁，所以尽管我很害怕面前这座塔，但还是鼓足勇气将我的想法说了出来。

"这个，让我再考虑考虑。毕竟这次是学术研讨会，会有很多学术界的权威来参加，对我们明理集团来说实在太重要了。要不这样吧，你跟公司其他高层一起去，你帮他们打下手，搬搬东西什么的。"组长说。

"真的？谢谢组长，那我先去准备了！"想不到她居然同意了，我顿时高兴得心花怒放，一高兴就将李亚辉辞职的事忘到九霄云外去了。

就这样，我被安排去辅助总裁的演讲，是和廖总、陈明丽副总裁，以及一个叫刘阳的副总裁四个人去的。我提了四盒名片和一大包东西，小心翼翼地跟着他们上了车，连大气都不敢出一声。

车子在科研中心门口停下了，门口挂着横幅。几个员工走过来，带领我们走进会议室。这时候我看到宽阔的会议室里面只有少量的几个人，几位学者坐在讲台上商讨着什么。总裁进来了，依旧是一身白色的西装和黑色的领带。他看上去好像精神状态很好，面色红润,神采奕奕,丝毫没有患病在身的迹象。他和那几位学者打完招呼后,便把眼光朝我这边投过来,微笑着对我点了点头。

太突然了,我有点不适应,急忙对他点了点头,并挤出一丝我认为最真诚的笑容。这时候我旁边的副总裁刘阳不知道在总裁耳边耳语了几句什么,陈明丽走到我面前,将我拉到门外的洗手间,对我说:"你是哪个部门的?"

"市场部负责文案的 12 号。"

"这样吧,你给业务部的陈总打个电话,让他带 20 多个人到这边来。20 分钟之内务必到这里,注意,不要穿带有公司标志的衣服和领带。"

"哦,好的。"我接过她给我的电话号码,打了过去。

不一会儿,陈总和业务部的人过来了。他们把自己装扮成观众在台下坐了下来,会场气氛一下子显得热闹起来。

主持人邀请总裁上台,总裁拿着讲稿走上去,对台下的人点头致意后,开始演讲起来:"中国的企业处处标榜文化,当你走进一家公司的时候,无论这家公司大或小,你都能看到各种各样的口号和标语,中国的企业把这些口号和标语命名为:企业文化。企业文化要天天喊,日日唱,时刻挂到嘴边,贴在最醒目的位置,对内让员工时刻牢记,对外是一种形象宣传。"

"文化到底是什么?简单来讲,它是一种价值观的体现,严格来讲,它是渗透到一个民族血液中,让这个民族习以为常的东西,从而形成这个民族的身份和象征。每一个国家都有自己主流的文化价

值观,所谓主流的文化价值观,就是无论官方还是民间都一致认可的,没有任何怀疑的。在美国,是民主、自由、博爱,对中国来讲,过去就是儒家文化的仁、义、理、智、信。"

"而企业文化到底是什么?它应该是一个企业从上到下始终贯彻如一的价值观,制度是死的,但文化是活的,企业文化决定了该企业对外和对内的各种行为准则。在中国的企业界,由于老板的背景不一样,所崇尚的价值观也不一样,但有几种价值观,基本上是整个中国企业的主流。这几种价值观分别是:任正非的狼性文化、陈安之的成功学、姜汝祥的以结果为导向模式。不管这些价值观是否足以形成文化,但在一些企业备受推崇。"

"我们今天所要讲的,是如何让企业文化儒家化。大家都知道,工业方面东亚的经济繁荣程度并不亚于欧美。这些普遍带有儒家文化性质的区域,能取得如此之大的成功,和欧美在国际舞台上平分秋色,与儒家的理念是分不开的。"

……

总裁在上面演讲的时候,镁光灯不断在下面闪烁。这时候我看到了李亚辉,不知道他什么时候过来的,此时正坐在人群中打瞌睡。我想去叫醒他,我身边的副总裁刘阳拉了我一把,示意我不要过去。

总裁讲完了,换了一位70多岁高龄的学者上去讲。该学者讲完后,下面的人开始提问了。我身边的刘阳第一个站起来,提了一个简单的问题后, 身后的同事接二连三地问了一些不痛不痒的问题,很快就将会议推向了高潮,气氛变得非常热闹。

该教授姓刘，是国内一名经济学家。我在学校的时候对他有所耳闻，但一直没有机会听他的课。我很想站起来提问，看到身边这么多公司的高层，我胆怯了，试了几次都不敢开口。这时候总裁朝我这边看了一眼，并对我点头微笑，我把这视为他对我的鼓励，于是我鼓起勇气站起来："教授您好，我想提一个问题，是关于工会如何保障劳工权益的。您认为工会在企业和劳工之间应该扮演什么样的角色，它应该尽到哪些职责？"

　　"这个问题你提得很好！"教授说，"工会是维护劳工合法权益的一个部门，它根据国家相关法律协调企业和劳工之间的矛盾和冲突，可以说它是一个协调企业和劳工关系的角色。"

　　"可是我发现很多员工在自己的权益受到侵害后，他们第一个想到的是警察和劳动局，而不是工会。这说明一个问题，就是工会没有充分发挥它的作用，它是个可有可无的角色。既然是这样，那为什么要允许这样一个机构存在？"

　　"和一些发达国家相比，我们国家的工会制度确实还需要得到进一步的改善，我相信这个问题以后会得到妥善的解决。"

　　"如何改善工会，如何让它担当起它本身应该担当的职责呢？"

　　"如何改善工会，这不是我能解决的问题，所以，你说的这个问题我无法回答。"教授说完坐下了。

　　"这位小姐，我想你搞错了一个问题，我们今天召开的是学术研讨会，是专门针对企业制度和文化的专业性研讨会，不是电视台的法制专栏节目。这些问题，我建议你到政府相关部门去反映。"陈明

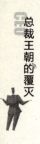

丽站起来，严厉地对我说。

"哦，对不起！"我感觉自己闯祸了，说完后赶紧坐了下来。

其他几位高层互相交换了一下眼色，没有人说话，会场的气氛变得有些尴尬了。这时李亚辉突然站起来为我鼓起掌来："我觉得这位小姐的问题提得很好，既然我们是在讨论企业文化和制度的问题，那么企业和劳工之间的一些问题就在我们讨论的范围之内，我觉得没有必要回避。"

刘教授说："对不起，我们不是行政机构或者社科院之类的机构，我们的理念是帮助企业更好地发展，而不是解决社会矛盾。"

"既然有矛盾存在，就应该在解决的范围之内，我们的理念是帮助企业更好地发展，连矛盾都无法解决，怎么可能更好地发展呢？"李亚辉咄咄逼人地问。

刘教授微微一笑："年轻人，你能分辨教师和医生的区别吗？教师就是从小教育你做个好人的人，医生是在你身体出问题后帮你解决问题的人。我们是教师，不是医生。"

"哦，我明白了，sorry！"李亚辉说完后坐下了。

不知道为什么，在这一刻，我对李亚辉突然产生了一些反感。我很感激他能站起来帮我，但我并不喜欢他在一些超出自己能力范围的事上胡搅蛮缠，这是很不成熟的表现。

"大家还有没有什么问题要问？"刘教授问道。

"教授您好，关于贵学院和明理集团的合作，是怎么开始的呢？"一个记者模样的人问。

"是这样，我们学院一直在进行一些企业制度方面的研究，宋明理先生是一家教育集团的董事长，一直致力于企业的持续化和正规化。他找过我们很多次，很有诚意，于是我们决定合作开发一些项目，希望能够为中国的企业解决一些实质性的问题。"

　　研讨会结束了，总裁在副总裁等人的陪同下离开了现场。我收拾好东西，准备独自打车回家。这时候李亚辉过来了，他帮我拿起录音笔和照相机。我没有理他，径直一个人走出了会议室。

　　令我意想不到的是，总裁的车居然停在外面，看到我出来后，他打开车门向我招手。

　　我回头看了看站在台阶上目瞪口呆的李亚辉，转身头也不回地向总裁的车走去。

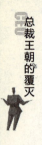

12
变节

　　车里只有总裁一个人，舒缓的肖邦小夜曲让人心旷神怡，然而我却觉得并不轻松。第一次和总裁这样的人单独相处，让我非常的拘谨，感觉浑身都有些不自在。

　　"小卓。"总裁将车子驶向旁边的一条行人稀少的林荫小道后，突然叫我。

　　我有点不敢相信自己的耳朵，总裁居然知道我的名字，这太出乎我的意料之外了。"您是在叫我吗？"我小心翼翼地问。

　　"你来公司多久了？"总裁继续问。

　　"两个多月了。"

　　"平常还习惯吧？工作辛不辛苦？"

　　"还好，工作再辛苦也没有您辛苦。"想到总裁昨天累倒在讲台上，今天又参加研讨会，我由衷地说。

"我辛苦一点没有事，有你们这些员工这么体谅我，我能为公司多做出一点贡献，苦一点、累一点没有什么的。"总裁说完突然将车停住了，头靠在车座上，闭上眼睛深叹了一口气。

"您是不是不舒服，要不要打电话叫120过来。"

"不用了，可能是太劳累了，你坐到旁边来吧，我开不了车了，你带我回公司！"总裁说完身体歪在了方向盘上。

"您没事吧？"我急忙扶起总裁，让他靠在车窗上。双手抓起方向盘时，突然想起我根本不会开车，"总裁，我不会开车！"

"没关系，你抓住方向盘，用脚踩油门和刹车就行了。"总裁说完起身握住我的手，手把手地教起我来。

折腾了半天车子终于启动了，我紧张地握住方向盘，感觉心都快跳出来了。"不要紧张，眼睛看着前方就好了，慢慢开几次就会了！"总裁一边安慰着我，一边继续抓着我的手，将车子开出了几十米远。

就在我终于可以自己掌握方向盘的时候，总裁的电话突然响了，他有气无力地抓起电话："喂！"副总裁刘阳的声音传了过来："总裁，刘教授那边还是需要你过去比较好，你现在在哪里？"

"还是你去应付吧，我现在不知道在什么地方。"

"不行，你不去他们不会签合同的，他们的员工指明了要你过去。"刘阳的态度很坚决。

"那好吧，我在巴丁街，你过来接我吧！"总裁说完扔掉电话。

"总裁,那我回去了!"我放开方向盘,手心全是汗。

"回去吧!"总裁伸了伸懒腰,将头靠在车窗上闭上眼睛。就在我推开车门的时候,他突然对我说:"不要告诉任何人我们今天在一起的事,明白吗?"

"我知道,我不会对任何人讲的,总裁,您还好吧?"看到总裁累成那样,我有点害怕了。

"我没事,你不用管我了,改天有机会再约。"

"好的,还是等刘总过来我再走吧,我怕您出事!"

"不用了,你先走吧,我没事。"

"哦,那我走了。"于是我抱着一堆东西下了车,一步三回头地看了看车窗内的总裁,发现他正靠在车窗边上向我挥手。

走到宿舍楼下的拐角处,李亚辉突然一下子钻了出来,他站在我面前,眼中充满了受伤后的无辜和哀怨。想到刚才的行为我有些过意不去,心虚地看着他:"你、你怎么在这里?"

"一君,我们谈谈,好吗?"他近乎哀求地看着我,对我说。

"不用了,等会儿又让人看见,我们都会被开除。"这话此时从我嘴说里出来时,我感觉到自己的心猛然跳了一下。我很清楚地听到我心里有另一个声音在说:不,一君,你在说谎,你为什么要说谎?你根本就不是因为担心被人看见,你为什么要这样对他?

他很固执地看着我,说:"我都要辞职了,你还怕什么?"

不知道为什么,我突然变得很讨厌这种固执,尤其是对他今天下午固执地和教授纠缠不清的时候,让我感觉他是个没有教养和分寸的人，这是我以前从来没有发现和感受到的。于是我斩钉截铁地对他说："你辞职那是你的事，我都说过多少次了，我并不想辞职，不想辞职，你能听明白吗？我需要这份工作，需要养活我自己，养活我妈！如果我跟你走，我就成了靠男人吃饭的女人，我不想那样，我只想靠我自己的双手和能力吃饭！"

"你很喜欢这里，对吗？"

"是的，我很喜欢这里，因为它能给我工作，给我工资，给我发展的机会。它就像我的再生父母一样，我打算长期在这里干下去，把我所有的一切都奉献给它。"

"也包括你的身体和灵魂吗？"他玩世不恭地说了一句，眼神中的忧郁让我有些害怕。

"你什么意思？"我感到他的话中有话，反问道。

他毫不在意地笑了笑："一君，我们在一起相处的时间其实很短，但足以成为我们之间永恒的纪念。我祝福你，希望你幸福，是真的，一君，我会在远方默默地关注你，我走了！"

当天晚上回到宿舍，我收到了一条短信。我以为是李亚辉的，估计他又会说那些让我辞职的话，故没有去看。但后来关手机的时候我发现是一个陌生的号码，我急忙打开看了一眼：小卓，睡了吧？今天辛苦你了，祝你做个好梦！

我的心变得狂跳不止，是总裁，总裁给我发的短信。总裁这么晚了还没有休息，他身体好些了吗？今天在刘教授那边还好吧？

早上到公司后，组长把我叫到她的办公室，问了我昨天在会议

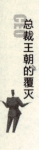

中的一些情况,我简略地向她汇报了一遍。不知道为什么,可能是因为总裁昨天对我特别的关系吧,我不再害怕她头上的那座塔。它只是女人头上盘起来的头发而已,根本没有什么可怕的。

李亚辉今天没有来,想必是不会再来了。

几天后,他的位子一直是空着的。每天上班和下班的时候,我都会朝它看一眼,脑海中总会浮现出我们在一起那短暂的欢乐时光,它是我在孤独中生存下来的唯一依靠。

李亚辉走后,公司一直没有招人进来替代他的位置,我一个人兼了两个人的工作,每天忙得晕头转向。这段时间我很少见到总裁,他也没有再给我发短信。我不敢向任何人打听他的消息,自然也不会向任何人提起那天发生的事,包括袁小丽。

马上快到年底了,我要赶在 10 号之前把公司台历上的宣传内容写出来。这对我来说是小菜一碟,仅用了一天半的时间就全部搞定了。组长拿去给总经理那边审核后,总经理又拿去给总裁签了字,10 号就下印厂了。

松了一口气之后,我马上要面临着一个艰巨的任务,就是 2009 年的公司年报和元月份的新年杂志。所有的图纸都没有设计好,乱成一团糟。新来的设计人员还没有进入工作状态,什么都要手把手

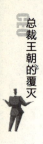

地教他们,我的脾气不知不觉地大了起来。

这时候我又想到了李亚辉,他在的时候总是把所有需要设计的图纸早早设计好送到我的办公桌上,从来不用我去催。不知道他现在怎么样了?走后就再也没有和我联系,我给他打过好几次电话,都没有打通。

我也说不清楚自己那段时间为什么会那样对他,自从他走后我就有些后悔了,觉得自己像鬼迷心窍一样对他忽冷忽热,最后伤了他的心。

今天中午休息的时候,我拿起电话再次给他打过去,仍旧是停机。我有些沮丧,这时候组长又来催我了,让我尽快安排设计人员把图纸设计出来,必须要在30号之前把年报和新年的杂志全部做出来,公司要在2009年的元月一号在观澜湖宾馆举行年会,到时候会邀请100多家客户和3家慈善机构来参加,会有30多家媒体现场拍摄。杂志务求内容新颖,能突出我们公司的文化和理念。

我有些不耐烦地吼了她一句:"我不是正在做么,你这么能说,你为什么不来做?"

"你什么意思?"她没有想到我会这样对她,有些不知所措地问。

我不想跟她闹翻,那样对我没有好处:"不好意思,我最近压力太大了,就当我刚才什么都没有说,我会争取把所有需要的东西做出来。"

"等过完年会,我会重新考虑你的位置。"组长说完头也不回地推门进去了，不知道是为了过年还是其他原因，组长头上的塔不见了，她剪了一头小 S 型的短发，看上去很干练。

我有点傻眼了，重新考虑我的位置是什么意思？想把我调走还是想撤职？这个问题一直到公司年会的那一天，还在我脑子里盘旋，每天让我忐忑不安。我很想找机会跟组长沟通一下，但她看起来很忙，从那天以后她再也没有跟我讲过话。

年会这天，公司摆了 30 桌酒席，每个部门都在排练，我们市场部由于所有人都在忙刊物的制作，没有人排练。袁小丽拿了一份节目单让我点，有唱歌跳舞、小品相声，我点了一首歌，准备代表我们市场部参加。

组长这时走过来说其他部门都在排练，问我要不要练习一下，以免登台的时候忘了歌词。我说不用了，组长准备走开，我一把将她拉住了："组长，你还在为那天的事生我的气吗？"

"没有，我知道年底了大家都很忙，很辛苦，我也想发脾气，但不知道找谁发。"

"可是你为什么要把我调职？"

"这不是我的意思，是上面的意思，我只是遵照上面的旨意，你的档案已经转到业务部那边了，过完年后你直接到那边去报到。"组长说完推开我的手，准备出去。

"组长，为什么要这样？是因为我做得不好吗？还是因为其他的什么原因？为什么调职都没有通知我一声呢？"

"没有什么原因，我们公司每个员工都会经常调动，市场部和业

13
公司年会

务部本来就是两个关联的部门,业务部现在很需要你这样懂营销策划的人员去配合他们,这是公司的命令。"

"那我的薪水?"我想到我妈还指望我明年给她买一对专治风湿的仪器。

"薪水没有变,还是4500。"

4500,怎么可能?从我进公司就是4500,现在都快半年了,还是4500,我早就过试用期了!我还想问组长,她已经走远了,消失在拥挤嘈杂的人群中。

我郁闷地走到电梯口,下了电梯直奔酒店附近的楼台水榭,这时候袁小丽领着一帮同事在周围风景区照相,看见我出来了,跑过来拉着我过去和她们一起照相。照完相后,我们发现不远处有高尔夫球场,还有人工湖,于是我提议去转转,这时候几名保安过来了:"对不起,你们不能过去。"

"为什么?"袁小丽不解地问。

"因为那是私家花园。"保安说。

我说:"那我们不去高尔夫和人工湖,周围那么多山,我们去山上转转总可以吧!"

"不好意思,这附近所有的山都被私人买下来了,你们的权限是在酒店和酒店门口,超过酒店门口你们就是私闯民宅。"

靠!

袁小丽爆出一句周星驰的台词,我们跟着爆笑起来,笑得前仰后合,我笑得腰都快直不起来了:"老兄,有没有搞错,那些山,是大自然赋予我们人类的产物,是人类共有的,怎么能让有钱人独自享有?而我们这些穷人连欣赏它的权利都没有了,你说,这公平吗?"

"这我管不着,总之你们不要进去就行了,要欣赏远远地站在这里欣赏,否则对方控告你私闯民宅,闹不好吃不了兜着走。这个社会是有钱人说了算,你跟我都没有说话的权利。"

袁小丽说:"拜托,有钱很了不起呀,钱这种东西,生带不来,死带不去,有本事把泰山背到坟墓里去呀!古代的帝王那么厉害,把所有值钱的东西都拿去陪葬,到头来还不是给人家挖得尸骨不剩。"

"美国人不是把星球都占领了吗?只要有钱,买下地球算什么?我要有钱了,我也要买地建一个村,让全村的人都供我使唤。"保安说。

"你有钱吗帅哥?"袁小丽和其他几个同事跟保安扯个没完了。

我百般无聊地站在一边,看着水池子里的水喷射出一条直线形的水柱,水柱到半空后呈弧形倾斜下来,落到水池中溅起一串串美丽的水珠。就像人的生命一样,从无处来,最后又归于无。而喷射而上和弧线形落下的风景,是生命的一段精彩过程。

这时候我看见了总裁的车子,他载着一位看上去和他年龄差不多的女性,想必是总裁夫人。总裁夫人身材很高挑,上身穿一件粉红色大衣,大衣给节日增添了几分喜庆。刚刚烫过的头发像波浪一样,看上去很有弹性。

下车后,总裁挽住总裁夫人的胳膊,两人肩并肩地朝酒店大厅走去。

公司年会

14/ 令人心寒的掌声

年会果然热闹非凡,还有很多人在排练,陈明丽副总裁在台上指挥,忙得不亦乐乎。公司邀请了 30 多家媒体来采访,总裁和总裁夫人被好几家媒体团团围住,镁光灯不停地闪烁。"宋总您好,我是星海电视台的记者,听说您公司在未来三年准备上市是吗?"一个记者问道。

总裁笑了笑,说:"你是听谁说的?不过我也可以透露点消息给你,我们公司计划明年扩张到 20 家分公司。明年我们还准备增加别的项目,三年后上市并不是个梦想。"

另一个女记者挤了进来:"宋夫人您好,请您谈一下对婚姻的看法!"

总裁夫人清了清嗓子,说:"我觉得吧,婚姻就是过日子,平平淡淡,彼此互相尊重、相敬如宾。"

"那您觉得您和宋总的婚姻生活幸福吗?"

"我很幸福,我比一般的女人都幸福。"

女记者穷追不舍地问:"可是我听说您在上个月跟宋总提出过离婚,有这么回事吗?"

"你听谁说的? 没有的事。"总裁夫人矢口否认。

总裁接过话题:"等会儿市长和文化局的局长要来,你们先去准备下,采访他们的时候热烈一点。这是我和我夫人的一点心意,请大家收下。"总裁说完拿出一打红包,给每个记者塞了一个,记者散开了。

中午 12 点,我和袁小丽找了张最后面的桌子坐了下来,这时候有人叫我们起来,说市长跟文化局局长要来了,让我们排成两条长队列队欢迎。于是我们站起来,和其他两百名职员在红地毯两边站成两排长长的队伍,等待市长和局长的到来。

半个小时过去了,我的腿早就发酸了,眼睛一眨不眨地盯着门口,盯得我有些头昏眼花。我身边的袁小丽这时候也开始抱怨起来,不满地看了我一眼:"我腿肚子开始抽筋了,肚子也饿得咕咕叫,真烦人! ""谁不是啊?"另一位同事也不满地嘟囔道。

就在我们一干人累得七歪八倒时,陈明丽过来了。她今天打扮得很迷人,从背影看,和总裁夫人有些相似。不过她要年轻一点,看上去也更加苗条、性感、妖艳。唯一让人感觉不舒服的是她那张脸,由于粉擦得太厚,看上去像戴了一副面具。她走到我们面前,手上

拿着话筒,用东北话大声喊道:"请大家注意自己的形象,一个个东倒西歪的,站直一点,再站5分钟,我们就吃饭了。"

于是大伙硬着头皮站直了身子,这时不知道谁的肚子发出"轰轰"的响声,旁边几个人忍不住捂着肚子笑了起来。"笑什么笑什么? 有什么好笑的,站直了队!"陈明丽说完拿了一根长长的教鞭在我们面前晃了几下,那神情和动作,以及马靴在地板上"铛铛"的响声,令我想到电影里的女特务。

她走到我面前时,刻意停了下来,盯了我几秒钟,盯得我心里直发毛。等她转身走了,袁小丽对我伸了一下舌头,说:"她自己早就吃了大餐,却让我们在这里挨饿,早知道今天就装病不来了,还以为年会可以让人轻松下。"

我有点难以置信,在我的心目中,总裁们一定不会这样,他们一定是跟我们一起饿肚子的。于是我说:"不会吧,她一个人吃了,那其他的人呢?"我身后一个同事嘟囔道:"哼,他们在11点半的时候就准时开席了,就我们这些人没有吃。"

时间一分一秒地过去了,市长和文化局长最后也没有出现,有人过来让我们排队到库房去领食物,于是我们排了两条长长的队伍,到库房每人领了一盒康师傅方便面和一根八毛钱的玉米肠,然后又排着队去宾馆的厨房打白开水。泡完一盒面后,已经将近两点了,大家吃得很热乎。一些男同事估计是饿坏了,面条吃得哧溜溜地响,吃完后擦掉满头大汗,一副心满意足的样子,谁也没有关注市长和文化局长的事。

我们回到席位上，没有人管我们，我们好像约好了一样，自动地在每张席位上坐了10个人，一下子20多个席位就全满了。宾馆的服务人员端上来一些水果和糖，袁小丽马上去抓，这时候我看到陈明丽看了她一眼，轻蔑地哼了一声。我赶紧制止住袁小丽，她不满地看着我，我没有理会她的不满，硬是没有再让她去抓那些吃的。

除了市长和文化局长没有来，该来的人都来齐了。总裁开始上台致词，总裁夫人和其他几位官太太坐在最前排。总裁讲完后，所有人疯狂地鼓起掌来，我忘记了刚才挨饿的不快，也跟着鼓起掌来，直到手拍地有点疼了才停下来。

各种节目表演开始了，大家都很开心，看到好笑的情节一个个笑得前仰后合。袁小丽笑得差点岔过气去了，她就是这样一个人，单纯、热情、开朗，但有些时候好像又出奇的老练，知道很多我所不知道的东西，远比我成熟得多。

到了中途的时候，轮到我上去表演了，我没有化妆，也没有任何道具，就这样被市场部的同事们推上了台。当音乐响起时，那熟悉的旋律令我想到了我的校园生活，想到了北京的秋，校园里落叶漫天飞舞，花圃里堆满了厚厚的一层淡黄色落叶，看上去松软极了，青松苍翠依旧，枫树的叶照亮了苍白的空间。

　　我是天空的一片云
　　偶尔投影在你的波心
　　你不必惊讶

也无需欢喜

转瞬间消失了踪迹

你我相逢在黑暗的海岸

你有你的

我有我的方向

你记得也好

最好你忘掉

在这交汇时互放的光芒

    这首出自大诗人徐志摩之手的《偶然》，改编成歌曲后，曾被香港红极一时的歌星陈秋霞唱过。她的音质非常美，纯净、古典，带西洋风格，很符合这首诗。我自认为嗓音不错，但也经过反复练习后，才能唱出韵味。

    我想到了校园生活，又想到了我的家乡，我曾经多次在蒙蒙细雨中做梦，梦见我离开家乡，去追寻我的梦想。我逃也似的离开家乡，而眼前的这一切，就是我想要的生活么？我又想到了我母亲，想到了家乡小城那个在税务局上班的小妇人，我不在这里，难道又能在哪里？我必须在这里讨生活，我要生存下去，我要升职，要加薪，要有车有房，我要征服你——深圳！

    音乐声戛然而止，我依然沉浸在幻想中，主持人过来从我手里接过麦克风，我清醒过来时发现自己泪流满面。台下响起一些稀稀拉拉的掌声，我一点都不觉得尴尬。这舞台本来就不属于我的，我不是市长，也不是什么官员夫人，我只是来明理集团讨生活的一名普通员工，随时都有可能被扫地出门的人。我丝毫都不稀罕这里的掌声，这里的人根本不配为徐志摩的诗鼓掌。我轻蔑地笑了笑，转身准备走下舞台。

这时总裁笑眯眯地朝我走过来了，我紧张得几乎忘记了呼吸，不知道接下来会发生什么事。总裁拿过主持人手中的麦克风，对我说："小卓，我们合唱一首吧！"

总裁要跟我合唱，这不会是在做梦吧？我受宠若惊地看着他，使劲点了一下头："嗯！"

我们合唱了一首《萍聚》，这是一首很老的歌。我唱得很卖力，很投入，很深情。唱完后，台下的掌声如潮水般，几乎将我整个人都淹没了。总裁过来给了我一个拥抱，并低声在我耳边说了几句什么。也许是心情太激动了，也许是掌声太嘈杂了，我只听见他说了两个字：今晚……

就在我满脸疑惑时，总裁已经转身离去。

我离开舞台，回到座位上。

"天啦，一君，想不到你嗓子那么好，简直太专业了！"袁小丽和其他同事看到我下来，一个个跑过来和我拥抱。

我腼腆地笑了笑："没什么啦，我平常经常练习，自然就会好一点。"

袁小丽俯到我耳边说："一君，你刚才唱得那么好，大家都不怎么给你鼓掌，可轮到总裁跟你合唱的时候，却有那么多的人鼓掌，真

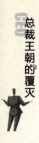

是不公平。"

"我知道,没什么的。"

"所以,我们一定要做有钱人,人家才会正眼看你。"

这话从袁小丽嘴里冒出来,让我有点觉得不可思议,她整天好像没心没肺的,怎么会突然有这种想法?并且这想法跟我刚才的想法不谋而合。

"嗯,我们将来一定要有钱,做回我们自己。"我暗中握紧了袁小丽的手,她也紧紧地把我的手握在手里。

又是鼓掌又是起哄的搞到晚上八点,大家又累又饿时,公司开始举行颁奖仪式。获得奖项的人员每个上去轮流发表了一番声泪俱下的演讲,不知不觉已经是九点半了。员工们个个不敢出声,继续为台上那些发表获奖感言的人卖力地鼓着掌,可肚子却不争气地出卖了他们,抗议声此起彼伏。我身边的袁小丽不知道是装睡还是饿地没有力气,安静地躺在那里。

这时候我看到了沈仕墨,她穿了一件蓝色的上衣和灰白色的牛仔裤,显得异常单薄。她好像有些怕冷,脖子缩在上衣领子里,远远的就能感觉到她在发抖。有个女孩子给她倒了一杯热水,她喝了几口后,脸色稍微好一点了,放下杯子朝台上木然地看了一眼,那双欧式的眼睛此刻好像很疲倦,无精打采地耷拉着。

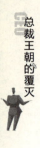
轮到她上台领奖了，她慢吞吞地走上台，从主持人手中接过一束鲜花，不自然地笑了笑，嘴角牵动了几下，似乎想说什么，最后却什么都没有说。

"下面我们请我们业务一部的销售精英沈仕墨讲几句话，沈仕墨自从加入公司以来，她的业绩一直在众多销售精英中保持着第一名。今年也不例外，她的个人业绩达到了3200万，她所带的团队的销售业绩达到了8900万，占我们公司全部销售业绩的三分之一，而他们的人员只有28人。让我们祝福沈仕墨，希望她和她的团队在新的一年里取得更好的成绩。"热情的主持人将话筒递到她面前。

"各位同事，各位来宾，各位领导，大家晚上好，我是沈仕墨，来自业务一部。我来公司两年多了，今天是第二次站在这里领奖，我感到很荣幸。我能取得这样的成绩，其实跟我的团队给我的支持是分不开的。我们团队的人吃了很多苦，也受了很多委屈，就昨天晚上这个时候，他们还在外面跑业务。我是凌晨2点才回家，从四川坐火车抵达广州，又从广州转车到的深圳。到深圳的时候，我在的士上一个一个给我的同事们打电话，他们都刚刚到家不久，有的是从外地赶回来参加公司年会的，有的是在外面陪客户。他们都取得了很好的成绩，从客户那里拿到的支票今天早上交给公司财务部门的时候，我们真的不知道用什么语言来表达自己的心情。我们业务一部今年的任务是1.5亿，我相信，只要我们努力就一定可以达成。"

沈仕墨说完，总裁上台了，他的身后还跟了一个人，那人手上举着一张巨大的支票，上面写着金额100万。看到这100万，我真为台上的沈仕墨感到高兴,付出那么多,能够拿100万奖金也算值了。

"哼,别高兴得太早。"我身边的袁小丽闭着眼睛嘟囔了一句,不知道是在梦呓还是在跟谁说话。

我没有理她,继续看着那张100万的支票,100万啊,我简直想都不敢想我能拥有100万。如果我有100万就好了,至少我可以在深圳买套中等档次的住房,把我妈接过来,母女俩互相能有个照应。

就在我浮想联翩的时候,总裁接下来说的一番话,简直让我大跌眼镜。总裁上台后,先是和沈仕墨拥抱了一下,并亲自给她戴上花环,然后牵着她的手,对台下的人群说:"沈仕墨是我们公司诸多优秀员工中的一名,为表示诚意,我和公司其他总裁商量过了,我们一致决定奖励沈仕墨奥迪轿车一台,这100万的支票我们将捐助给市慈善基金委员会,用于建设希望小学。"

总裁夫人挽着身边一位红光满面的官太太的胳膊,两人亲热地形同姐妹般走上台,官太太拿起麦克风发表感言:"本来呢,今天会长要来参加的,可因为临时有事来不了,所以就由我代他来出席明理教育集团的年会。我代表我们慈善基金委员会对宋董事长和各位表示衷心的感谢!"

官太太这样就算发言完毕了,总裁接过麦克风,说:"慈善是人类永恒的事业,也是我们明理集团成立以来一直追求的一项事业。我希望我们明理集团的每个员工,用你们的手,和你们的爱心,为社会献上你们的爱,用你们的行为去感化身边的每一个人,用你们的崇高去树立起社会道德的标杆。下面,我将这张支票交给张福会

长,这100万将用来建设一所希望小学,这所希望小学的名字,就叫明理希望小学,上面将刻上我们这位最优秀的员工——沈仕墨的名字,她的名字将会被永远刻在希望小学的牌匾上,永远让世人铭记!"

总裁夫人挽着官太太下去了,沈仕墨也退了下去。她好像感冒了,并且胃部也有毛病,我好几次看到她捂着肚子,脸上露出痛苦的表情。

接下来是颁发奖品的时间了,业绩排在前10名的职员,每人奖励了一台轿车,每台价值从3万到20万不等。获奖的人员将轿车沿着会场开了一圈,引起会场所有同事的羡慕,啧啧声不绝入耳。我身边的同事此时仿佛都忘记了饥饿,眼睛一动不动地盯着身边开过去的轿车。

完毕后,宾馆的服务员过来摆放餐具,终于可以吃饭了,我们好像饿鬼一样盯着服务员的一举一动,生怕他们某一个动作慢了。菜一道一道端了上来,酒一瓶一瓶地打开,我和袁小丽坐在组长旁边狼吞虎咽,组长却一直板着一张脸,一筷子都没有动过。

我们风卷云涌般将桌子上的菜一扫而光时,发现服务员都站在一旁不动了,我不解地问:"干吗不上了?"

"对不起,你们的菜已经上齐了。"服务员小心翼翼地回答。

拜托,才6个菜,并且都是些普通不过的家常菜。我们从中午一点半饿到现在,手都拍肿了,一桌10个人才吃6个菜,有没有搞错?

"你们没有搞错吧?"

"没有错小姐，菜全都上完了。"服务员说完不理我，转身走了。

"那就喝酒吧，菜吃不饱，酒总可以喝饱！"一个男同事转身跑到墙角里，把红葡萄酒抱了一箱子过来。其他桌子上的同事见状，也各自派了一个人过来抢，一下子闹腾起来。

总裁和其他几位副总裁轮流给每个桌子上的人敬酒，很快就敬到我们这边来了。我顿时又紧张起来，我们桌每人面前放了一瓶酒，颇有示威的意味，令我在总裁面前感到很不自然。

总裁对我们每人抱一瓶红葡萄酒并不太在意，而陈明丽看到我们面前空空的盘子却有些幸灾乐祸。敬完酒后，总裁对我笑了笑，笑得意味深长，令我百思不得其解。

年会终于结束了，我们准备回到宿舍。郊外的月光格外皎洁，透明地洒在地面上。有人喝多了，兴奋地唱着乡村歌曲，严重走调的歌声逗得其他人哈哈大笑。

回到宿舍的时候已经一点多了，宿舍住了两个其他部门的员工，但没有一个是我认识的。她们进门后将门关上了，嘈杂声很快消失。

手机响了一下，我打开时发现上面多了一条短信：我是天空的一片云，偶尔投影在你的波心，你不必惊讶，也无需欢喜，在这瞬间，消失了踪迹。你我相逢在黑暗的海岸，你有你的，我有我的方向，你记得也好，最好你忘掉，在这交汇时互放的光芒！

是总裁！

我连忙给他回了一条：总裁，您这么晚还没有休息啊？

15
不公平
待遇

你今天哭了，是有什么伤心事吗？他问。

没有，我只是有点想家了！我说。

本来今天想抽点时间跟你好好聊聊，但现在走不开，等有机会我们再一起唱歌。他说。

好的！

关掉手机后，很快进入了梦乡。我梦见总裁骑着一匹漂亮的白马来到我面前，把我带到一片广阔无边的大草原上。马儿奔跑时风飕飕地从我耳边吹过，感觉痒痒的，就像总裁在我耳边说话时的感觉。

　　第二天早上回到公司,行政部的文员过来通知我们,说总裁上午要给全公司的人开会,让我们准备一下。我来公司快半年了,这是第一次听到总裁亲自给我们开会,心情非常激动。早早将录音笔和日记本准备好后,就和袁小丽两人上去占位置。

　　走到楼梯口,袁小丽突然对我说:"一君,我发现你很喜欢听总裁的课,你要小心点哦,总裁可是很喜欢你这种刚出校园的纯情妹妹的!"

　　"你在说什么?怎么可能!"我不满地翻了她一眼。这时陈明丽过来了,想到她在年会上的变态表现,我对她没有半点好感。看到她朝这边走过来后,我连忙拉着袁小丽准备上楼。

　　"站住!"

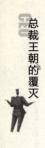

我循声望去，陈明丽正抱着肩膀，目光严厉地看着我俩。

"陈总早！"我对她鞠了一躬。

"你们两个刚才在说什么？我听到你们在说总裁，公司规定不可以谈论领导隐私，你叫什么名字？"她没有问我，问袁小丽。

袁小丽吓得脸都白了："陈总，下次不敢了！"

这时很多员工陆续从我们身边经过，像看怪物似的看着我俩，我简直恨不得找个地洞钻进去。我连忙说："陈总，是我不好，不关小丽的事，我们只是在说，来公司半年了，第一次听到总裁亲自给我们讲课，我觉得很荣幸，然后袁小丽说总裁如果知道员工喜欢听他的课，总裁一定很高兴。"

"是这样吗？"她像间谍一样在我们脸上扫来扫去，依然不肯放过我俩。

"陈总，刘总在找您，让您赶紧过去！"一个文员气喘吁吁地跑下来。

"那好吧，今天就先放过你们俩，改天别让我听到什么。"她说完气势汹汹地上楼去了。

"都是你，叫你别乱说！"我嗔怪地点了一下小丽的脑袋，她对我吐了一下舌头，做呕吐状。

等到我俩到五楼后，发现人已经坐满了，满场人头攒动，大家情绪激昂，看来这里很多员工跟我一样，对总裁的课情有独钟。

不一会儿，麦子老师上来了，她示意大家安静下来。过了一会儿，陈明丽和廖总也进来了，他们刚坐下，总裁就大步流星地走了进来。他看上去精神不错，进门的时候快速朝我这边扫了一眼。

想着晚上的梦，我感觉我的脸在开始发烧。

总裁上台后，对台下的人挥了一下手，说："大家好！"

"总裁好！"台下的人热烈地响应着。

总裁笑了笑，说："今天是我们2009年的第一天上班，所以我今天无论如何要来跟大家分享一下，否则大家都快不认识我了。"

台下的人哄笑起来，气氛非常活跃。

"今天我跟大家分享的主题就是：什么叫团队？我想问大家，什么叫团队？"总裁说完，笑眯眯地看着台下的员工。

一个员工说："团队就是一群人团结在一起，为了同一个目标冲刺，大家各负其责，互相配合，以最高的时效完成任务。"

"很好，请坐下，团队首先是一个群体，而不是一个人，那什么叫个体呢？"

"个体就是单打独斗。"一个员工说完，其他人哈哈大笑。

"大家都很有才，我记得我经常跟大家讲狼性文化，狼是一种非常团结的动物，具有很强的凝聚力，它们在共同作战的时候通常都是由狼首领往前冲，而后面的狼全力以赴地协助它们的首领，必要的时候它们可以为首领去牺牲，包括生命。今天我们就用一个半小时的时间来讲讲狼这种动物。狼具有以下特点：

一、适应性强，凡山地、林区、草原、荒漠都有狼群生存；

二、合作精神，狼是非常懂得合作的一种动物，它们一般七匹为一个团队，每一匹狼都要为团队的繁荣和发展尽一分力量；

16

伪狼图腾精神

89

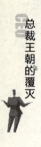
三、团结精神，狼与狼之间非常懂得默契配合，不管做任何事，它们都能依靠团队的力量去完成；

四、耐力性强，它们很有目标性，且非常的专一，具有敏锐的观察力，关注细节，故总是能获得成功；

五、非常执著，狼的态度很单纯，那就是对成功坚定不移地向往；

六、顽强的拼搏精神，在狼的生命中，没有什么可以替代锲而不舍的精神，正因为这种锲而不舍的精神，使它们成为地球上生命力最顽强的动物之一；

七、忠诚度高，狼是最团结的动物，你不会发现有哪只狼在同伴受伤时独自逃走，狼决不出卖同类；

八、懂得感恩，狼对于对自己有过恩惠的动物很有感情，可以以生命来报答；

九、纪律性强，狼是最有秩序和纪律的动物之一；

十、狼群战术，狼如果不得不面对比自己强大的动物，必定群起而攻之，用狼特有的战术杀死对手。

由此看来，以上种种狼的特性，非常值得我们公司的每一位员工去学习，尤其值得我们业务部的精英们学习。你们需要有狼的执著、狼的拼搏、狼的战术，以及狼的团结和纪律性，才能在瞬息万变的商场中立于不败之地。最后送大家一句话：做一匹有血性的狼，大草原的每一种生物都是你的美餐；否则，你就会沦落成一只奴性的狗，等待你的将会是屎！"

总裁话音落下后,会场陷入死一般的寂静,大家仿佛都在思考做狼和做狗的区别。片刻后,不知是谁带头鼓了一下掌,掌声顿时满场爆满,足足持续了好几分钟。

麦子老师这时拿起话筒,笑眯眯地走上台:"大家听了总裁亲自给你们讲的课,有什么感想?"

"要做一只吃肉的狼,不要做一只吃屎的狗!"

"做狼,不要做狗!!"

台下的人挥舞着拳头群体沸扬地喊着。

不知不觉到了12点,会议结束了,总裁在一大群讲师的簇拥下离去。

这是我第一次听总裁亲自给我们讲课,我总感觉总裁有些地方讲得不是很合情理。在总裁所列举的种种狼的优良特性中,在人类身上和其他很多动物包括蚂蚁身上都存在。狼除了总裁所说的各种优异的特质,还具有十分凶残狡猾的本性。狼并不是什么高贵的动物,一直以来,狼在人们的心目中,都是十分丑恶、凶残的形象。人们比喻谁没有良心,都说"白眼狼",对仇人的孩子,称对方为"狼崽子"。狼常常在夜间活动,看见火光就害怕,和老虎、狮子、豹这些食肉动物比差远了。现在很多国家把老虎列为国家一级保护动物,却鲜少有把狼列为一级保护动物。

还有一个重要的因素,总裁列举了狼十大优秀特质后,却忽略了一个关键地方。狼群并非像总裁所说的,为了狼首领去"牺牲"。狼首领和狼群之间,是一种水和舟的关系,谁也脱离不了谁,非常地

16

伪狼图腾精神

平等。

　　企业的狼性文化说到底，就是让员工具有团队精神，全力以赴朝目标进攻。可人毕竟不是狼，商场竞争虽然激烈，但是把竞争上升到像狼那样厮杀，让人变得像狼那样凶残，把对手连肉带骨头都吃掉，是非常可怕的。

　　那次课程后，对总裁的观点颇有些不赞同，但对总裁的狂热崇拜依然占据着我的全部意识。

没有小我，大我何在？

狼性文化从那次以后变成了引领整个公司运行前进的核心价值观，现在公司到处都贴上了新的标语，处处都在强调狼性文化。在业务部的楼梯口处就贴着这样一句话：做一匹有血性的狼，大草原的每一种生物都是你的美餐；否则，你就会沦落成一只奴性的狗，等待你的将会是屎！

几天后，公司要为新年前的业绩做最后的冲刺，把员工全体弄在五楼进行强化训练。组长说到时候会有一些加盟商来参加，让我们认真学习，回来后写学习心得。

那天，整个五楼全是漆黑一片，好像进了电影院的感觉。和往常一样，会场里满场人头攒动，但谁也看不清谁的脸。不一会儿，荧屏上出现了解放战争时期的画面，电影里的国军无论是武器装备还

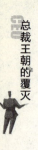

是人数都比共军占绝对优势,最后却被共军打败了,灰溜溜地去了台湾。

电影放完后,被剪成了若干个画面,这时候副总裁廖永辉出现在荧屏上,一个个画面给我们讲解分析起来。最后这部电影被总结成了几个关键:

1.共军具有很强的团队精神;

2.共军有拼搏精神和顽强的斗志;

3.共军有崇高的人类理想,能置个人生死于度外,不像国军那样贪生怕死;

4.共军有非常严谨的作战计划和总体部署;

5.共军有非常严密的组织性和纪律性;

6.共军有为团体牺牲自我的价值观精神。

大部分人认为这六点是共军得以取胜的关键,也有些人认为共军主要是得人心,所谓得人心者得天下。大家各执一词,讨论得面红耳赤。我趁机出来上厕所,由于看不清路面,只能慢慢地摸索着走去洗手间,却在走廊的墙角踩到了一堆软绵绵的东西。

我吓得尖叫一声,过道上来来往往的人谁也没有理会我的恐惧,我的声音很快被各种嘈杂的声音和荧幕里发出的声音所淹没。我弯下腰摸索了一番,摸到了一具软绵绵的身体,拿出手机照了一下,原来是业务部的一名女职员,她晕倒在角落了。

"你怎么了?"我连忙将她扶起来平躺着放在椅子上,拍了拍她的脸。她一点反应都没有,我用力地将她摇晃了几下,"你怎么样?

要不要送你去医院？"

这时她慢慢睁开眼睛看了我一眼，用手指指她的包："我头晕，麻烦你给我拿一下药！"

我从她包里掏出药丸往她嘴里塞了一颗，在她背上拍了两下。她慢慢恢复过来了，起身扶着墙面往前面走了几步，眼看着马上又要倒下了，我急忙扶起她："你住哪间宿舍？我送你回去吧，不要再进去了，这样会出事的！"

"不用了，没有事的，我只是有点贫血，谢谢你！"她说完继续挣扎着往前走。

这时副总裁刘阳出来了，他好像要去上卫生间，我急忙跑过去对他说："刘总，刚才那位女同事昏倒了，要不您让她回去休息一下吧，她好像快撑不住了！"

刘阳回过头看了她一眼，对我说："你是哪个部门的？"

"我是市场部 12 号。"我很想告诉他我过完年就搬到业务部去了，但他没有再搭理我，头也不回地进了洗手间。

看那名女同事摇摇欲坠的样子，当时的我并没有多想，觉得她可能只是一点小毛病，对她的那种敬业忘我的精神还蛮佩服的。却不曾想，她进去后没多久就再次晕倒在了会场。

会场上黑压压的人群还在讨论国军和共军，讨论得群情激昂，谁也没有注意到她晕倒在地上了。我挤开人群走到她身边，将她扶起来摇晃了几下："你醒醒！"她的头歪在一边，刚刚喝下去的水顺着嘴角流出来了，整个人奄奄一息。

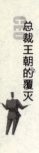

我吓坏了,抱住她大喊了一声:"有人晕倒了!"我的声音很快被200多人的声音压下去了,除了旁边几个冷眼相看的男员工,谁也没有注意我们。

我想将她抱出来,可凭我个人的力量根本就无能为力,她眼看着脸色越来越苍白,嘴唇开始发黑,鼻息间气若游丝。我心想这样下去必定会出人命,于是不顾一切地拨开人群,挤到讲台边,对一名保安说:"有人晕倒了!"

他根本没有听见我说什么,我指了指那名女员工晕倒的地方,又说了一句:"后面有人晕倒了!"

他还是一脸不解地问我:"你说什么?"

我一着急,伸手将手边的电源线给拔掉了,大声说:"我说后面有人晕倒了!"

国军和共军打仗的画面没有了,廖总的脸也在荧屏上消失了,时间仿佛在这一刻凝固,所有人目瞪口呆地看着我,空气好像停止了流动。

"干什么?"不知道是谁带头喊了一声。

"你在干什么?"陈明丽气急败坏地一巴掌就朝我脸上扇过来,手伸到一半被刘阳按住了。

一群保安过来了,一把扭住我的胳膊准备将我拖出去,其他的人重新插上电源,国军和共军又出现在荧屏上。

"对不起,下面有人晕倒了!"我大喊一声。

刘阳走过来问:"谁晕倒了?"

"业务部的那个女同事，快，快去救她，她快要死了！"

"在哪？"

"在这边！"两个男员工扶起那个随时会断气的女同事。

刘阳不耐烦地挥了一下手："搞什么？赶紧送医院去！"

几名保安将她抬了出去。

18/
真正的团队精神在于人格平等

该女同事被抬出去后，会场又恢复了秩序，大家好像什么事都没有发生一样，继续讨论共军取胜的关键，以及能为我们的工作带来哪些启示，而我心里却越来越不是滋味。公司一再强调团队精神，给我们灌输狼性文化，可如果狼种群是这样对待自己的成员，将团队成员的生命视为草木，狼这个种族恐怕早在几万年前就灭绝了。

这次事件给了我很深的打击，由此我看到公司并不仅仅是缺乏人性化管理，而且是整个核心层的价值观取向都有严重的问题。但我只是个打工者，我的生命在这里和那个晕倒的女员工一样形同草木，没有人会站在我这边，包括所有的同类。这些同类都是话剧《雷雨》中那些很容易被收买的矿工，他们还想着如何好好表现讨好高层让自己升职,没有人会对你产生同情,更不会冒着被炒鱿鱼的危险帮助你。

在那一刻,我想到了李亚辉,只有他才会不顾一切地帮我,不惜失去工作。

一直不说话的我,突然觉得自己无论如何该说点什么,这些话如鲠在喉,此时如果不说出来,我恐怕会后悔一辈子。于是,在众人纷纷讨论的时候,我插了进去:"各位,我也想说两句!"

陈明丽看了我一眼,故意露出她胳膊上的那块价值不菲的女式帝舵表,以显示她的高贵气质。其他的人像看怪物一样看着我,他们准备再看我的笑话。我毫不在意地清了清嗓子,说:"上次听廖总给我们讲了狼性文化,又多次听公司的高层讲军队管理制度,然后又多次听总裁讲到儒家文化,以至于让我感到非常的疑惑。我很想知道这三者之间到底有什么关系,有没有哪位能够帮我理清思路?"

没有人愿意回答我,气氛显得非常尴尬。

刘阳走过来,说:"你完全没有必要把这些理论和概念搞得那么清楚,因为我们不是在做学术,明白吗?市场部12号!"

我说:"但是作为公司团队中的一员,我觉得我很有必要把这三个概念搞清楚,它们到底有哪些相同之处?作为我们整个团队的核心价值观,它们到底有着怎样的依据?我不明白公司为什么要把狼性文化、军队化制度、儒家管理理念用在公司的管理上,在我看来,这是三个完全不同的概念。"

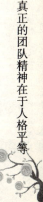

刘阳说:"作为团队基层的一员,你只需要听话,跟着高层走。这些理论有什么依据,不是你该操心的事。你应该做好你的本分,不应该操高层的心。换句话说,你的脑袋不应该长在公司决策层的脖子上。"

"我理解,决策层就好比大海航行的舵手,而我们只需要跟着掌舵人走就好了,不需要考虑那么多。可一旦掌舵人把路线搞错了怎么办?那我们不是都要沉到海底?"

陈明丽极不耐烦地看了看手表,走过来打断我们的对话:"好了,不要说这些废话了,大家还等着开会。"

"请允许我用三分钟的时间把话讲完,可以吗?"我几乎哀求地看着刘阳,他笑了笑,有些玩世不恭地对我说,"可以,我愿意洗耳恭听,我倒想看看我们市场部12号职员到底能为我们带来哪些新的观点。"

"军队化管理是一种强制性的极权管理制度,它是建立在防止人性'恶'的基础上的,它肯定人性是'恶'的,它要求军人绝对服从,只能说'NO'或者'YES'。刘总,你说我说的对吗?"

刘阳点点头,继续玩世不恭地在我面前走了一圈:"对,没错,有点道理,继续说。"

"而公司的种种规章制度,首先肯定了员工是'恶'的,每一项都在约束员工'恶'的行为。从这点上看,和军队区别不大,都是用强制性的制度来强行约束下属。但公司毕竟不是军队,军队是一种特殊的行业,军人们随时都处在一种特殊的环境中,要经过一些特殊的训练。军人服役都是有一定期限的,如果让公司的员工每天进行魔鬼式的训练,每天把工作当成是在打仗,把公司当战场,精神时刻处于军人那种紧张的状态,非出事不可。您说是吗?"

刘阳脸色变了一下,玩世不恭的神态在他身上消失了。

下面的人包括前面的几个加盟商,此刻议论纷纷起来。刘阳估计很后悔给我讲话的机会,他想制止我,但已经来不及了。

我继续说:"军队服务的对象是国家,国家是公共的,是全民所有的,非某个人的,亦非某个组织的。不仅仅军人有义务保卫国家,所有民众都有义务保卫国家。而公司是私人的营利组织,和员工之间依据的是劳动法,只是一种雇佣的关系。如果私人为了自己的利益要求员工做出一切个人牺牲甚至包括性命,是不合理的。再说,员工和公司的一切行为都在劳动法的范围内,非常自由。员工也可以对老板说 NO,可以炒老板的鱿鱼,那么推行这种绝对服从的极权管理制度又有什么意义呢?"

"你不要在这里废话了!"陈明丽冲我走过来企图挡住我,我一把推开她。就在我们俩差点扭打起来的时候,总裁不知道什么时候出现了。他和廖总两人站在门口,脸色阴沉地看着陈明丽,对她大喝一声:"听她说完!"

我惊了一下,马上就恢复了平静,我打算豁出去了。于是我继续说:"儒家是一种扬'善'的文化,它肯定人性是'善'的,从来没有形成强迫性的制度化管理,和军队化管理是完全不一样的。总裁常常说到儒家管理制度,是希望我们做一个懂礼义廉耻、善良淳朴的

团队，可为什么这里的员工在看到自己的同事昏倒后个个表现得那么冷血？总裁讲狼性文化的时候所说的团队精神到哪里去了？如果所谓的狼性精神需要员工做出这样的牺牲，那么，我只能说它是伪狼图腾精神。真正的团队精神在于人格平等，大海是由每一滴水汇合而成的，如果没有小我，大我何在？"

"你讲完了吗？"刘阳问我。

"是的，我讲完了，任凭处置。"我说完朝门外走去。

"讲得很好，我为我们明理有这样博学多识的员工感到骄傲！"我惊讶地回过头，总裁一边鼓掌，一边朝我走过来给我来了一个大拥抱。

那次事件后，我没有被辞退，相反却得到了意想不到的收获。

19 / 调换岗位

那件事过去后的第二天，我来到公司，感觉部门的气氛有点不太寻常。组长把我叫到她办公室，头也没有抬一下地对我说："你等会儿去收拾你的办公桌。"

"为什么？"我简直不敢相信自己的耳朵。

"我记得我告诉过你，等开年后你就调到业务部去。"

"可是不是要等到过完年吗？"

组长语气坚定地说："年已经过了，按你的理解春节才是过年，对吗？不好意思，对公司来讲，年会就是大家一起过年。"

看来是无法挽回了，我冷冷地看了她一眼，撂下一句话："好吧组长，我什么都不想说了，我现在就去搬东西。"

"去吧，你最好不要误解，这是公司的意思，我无能为力，到那边

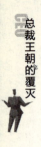

好好干，其实那边和这边没有什么区别。"

"我知道，我会服从公司的安排，只是……"

"没有什么只是，这是工作，工作就是服从上级的指挥，服从公司的安排，任何一家公司都不欢迎不懂合作的员工，明白吗？"

"我明白，那我出去了，谢谢你教育我如何服从。"我说完推开门退出来，回到我的座位上开始默默地收拾东西。

袁小丽走过来一脸诧异地看着我："一君，你今天就要搬啊？"

"是的，不是过完年了吗，过完年就该搬了。"我说完朝组长的办公室瞥了一眼，此时她门扉紧闭，估计在里面的躺椅上摇晃她那并不美丽的身体。

其他同事也过来问寒问暖，虽然在一起相处了快半年，但我依然叫不出他们每个人的名字。他们热情地帮我把电源线拔掉了，又把书桌上的文件放在推车上。就这样，我和袁小丽两个人拖着文件箱，从一楼爬到了三楼。

一楼是行政部、财务部、市场部，二楼是高层们的办公室，三楼全是业务部。业务部一共分七个分部，七间办公室，每间30多个人。我从业务一部门口经过的时候，正好看到了沈仕墨，她脸色苍白得好像白纸一样，拿着一大堆的资料朝我这边走过来。

"你好！"她对我说。

"你好，久仰大名！"我由衷地说。

"一样，我对你的精彩演讲也佩服得五体投地，你调到我们业务部当助理，让我觉得太意外了。这是我们部门的一些资料，我想给你看一下,让你先对我们的业务有基本的了解。"她说完就径直走向我的办公室。

我的办公室在一个角落里,紧靠着洗手间。我推开门,里面刚刚装修过,看上去很凌乱,堆了大堆的东西,满是灰尘。沈仕墨看了一眼,对我说:"我看我还是等一下过来吧,你先收拾一下,要不要我叫个人过来帮忙?"

"不用了,谢谢你,我可以搞定的。"

"我要提醒你一下,在我们销售这边,任何人都不可以用搞定这个词,否则,罚款 200 元。"沈仕墨说完抱着资料离开了。

"有没有搞错,连搞定都不能说,会死啊!上次开会的时候有人还说客户是婊子,你可以×一下,他可以×一下!"袁小丽不满地嘟囔了一句。

我和袁小丽两人正准备收拾,市场部一个男同事气喘吁吁地跑上来,把袁小丽叫了下去,说组长让她下去,还有一大堆事情等着她做。

袁小丽走了,我一个人开始默默地收拾,弄得满头满脸都是灰,一直弄到下午下班才弄完。

回到宿舍的时候,发现我的被子行李被人挪到了门口的桌子上,宿舍的钥匙也换了。负责管理宿舍的保安这时走过来,说要领我去新的宿舍。我跟着他来到二楼中间的一间宿舍,宿舍住了另外两个女孩子,她们看到我搬过来,没有任何表示地继续忙自己的事。

我整理好床铺后去洗澡,出来的时候发现已经快 12 点。想到

第二天还要去和新的上级打招呼，于是我很快爬上床，准备养好精神明天给对方一个好印象。然而就在我即将进入梦乡的时候，听到那两个女孩子正在讨论沈仕墨。听到沈仕墨的名字，我不由得竖起耳朵偷听起来。

"幸好我不在你们部，否则就要被她折磨死了！"一个瘦瘦的女孩子说道，她脸上有一颗大痣，是广东人，后来得知她姓梁，我都叫她小梁。

另外一个女孩子我后来得知她叫王佩，她皮肤比较白，身体丰满苗条，应该是和沈仕墨一个部的，此时正在发牢骚："是啊，我们部门的人都不怎么喜欢她，她把自己搞得那么惨，也把部门的同事都搞得跟她一样。我都不明白她这样拼命是为什么？身体都搞坏了，听说过完年还要去做手术。"

"天啦，那她的奥迪车怎么办？"小梁问。

"可能要卖掉了，她已经卖掉一台车了。睡吧，明天还要早起，搞这么晚，真是的！"王佩埋怨了几句，不知道是在说我还是说其他人，说完就躺下了。

这时我的手机震动了一下，我拿起来看了看，短信的开头打了一个笑脸，接下来的几句话让我目瞪口呆：真正的团队精神在于人格平等，大海由每一滴水汇合而成，没有小我，大我何在？

是总裁，我捂住手机，感觉心"怦怦"跳得很厉害，脸也开始发烫，烫得我胳膊发疼。我赶紧腾出胳膊，给总裁回了一条短信：总裁，您累了吧，要保重身体！

总裁回复我：很累，但睡不着，小卓，你睡了吗？

没有呢，总裁！

那你能出来一下吗？我在楼下对面的地王大厦停车场。

总裁为什么要我出去？我说了一大堆对公司不满的话，他却没有炒我鱿鱼，对我算是有知遇之恩了。去还是不去呢？我握住手机的手抖动得很厉害，站起来朝窗外望了望，月光皎洁，窗外一片寂静，想必所有人都睡了。

总裁，我害怕！我说。

不要怕，总裁会保护你，有总裁在，没有人敢欺负你，你什么都不用怕！

太晚了，您早点休息吧！我说。

你那天哭了，令总裁心里好难过，一直想来看你，跟你好好聊一聊，可一直都抽不出时间。

不用了，我现在每天挺好的！我说。

那好，你早点休息吧！

总裁走了，远处传来一阵车子启动的声音，声音非常轻，我却听得一清二楚。

半夜，我好像听到王佩出去了，我很想起来看看，但实在是太累了，累得我动都不想动，就这样一觉睡到了大天亮。

早上 7 点半的时候，王佩拿着牙膏去水池边刷完牙回来，她看到我没有说话。而我的脑子对半夜发生的一切已经记不清楚了。那可能只是一个梦而已，王佩根本就没有出去，或者是出去后很快

就回来了。她出去做什么？有可能是上厕所,但厕所不在宿舍里面那间小房子里吗?那她可能就是没有出去。

就在我大脑自己跟自己打架的时候,王佩弯下腰去找鞋子,她的乳沟从低领的毛衣里露了出来,这时候我发现上面有红红的齿印。

我如遭雷击般坐到床边,天啦,她莫非是出去和男友?我一时还无法接受女孩子半夜出去和男友发生那种事,然后若无其事地回到宿舍,心理上有些适应不了。

王佩无视我的纳闷,穿戴完毕后就出去了。那个姓梁的女孩子早就走了,我一个人愣在宿舍,把昨天总裁发给我的短信看了一遍,心里七上八下的。

总裁为什么要对我这么好,他是在怜悯我吗?

我带着一肚子疑虑走到公司,准备去新的上级陈总那里报到,陈总不在。我回到办公室,这时沈仕墨带着一堆资料过来了:"你先了解一下我们业务部的工作流程和安排,其他的改天再说。"

"好的!"我接过资料,花了一上午的时间看完后,将思绪整理了一下,中午沈仕墨过来约我一起到食堂去吃饭。

我们俩坐下来后,我发现沈仕墨就打了一盒稀饭,和着一罐腐乳准备吃,就问她:"吃这个有营养吗?"

她说:"我只能吃这个,吃其他的我胃受不了。"

"那天年会的时候,我看到你在舞台上好像很不舒服的样子,回来有去看医生吗?"我关切地问。不知道为什么,从见到她那天说"我抗议"起,我就对她充满了好感,看到她如此辛苦,让我很为她担

心。

"你看我能有时间去看医生吗？"她回问了我一句，"对了，你的歌唱得很好，前天的演讲也非常好。在公司除了我从来没有人敢这样，上面没有开除你，却把你调到我们部门，简直让我太意外了。你知道吗，你那天的一番演讲让公司至少损失了 2000 万。"

"啊，为什么？"我惊诧地问。

"因为那几个加盟商啊，其中有两个后来不是退出合作了嘛。那两家是台湾和新加坡的教育机构，他们准备投资 2000 万来和公司合作项目。结果因为你那一番演讲，他们对公司失去了信任，所以总裁把陈明丽和刘阳两个人差点骂死了！"

听到这些话，我的心仿佛被什么东西刺了一下，很痛，一种对总裁的负疚感令我无地自容。

"你怎么了？"沈仕墨看到我的表情，关切地问。

"没什么，我觉得我那样真的是太不应该了，我这个人太不会顾全大局了！"

"没有什么啊，一个正常的人在那样的处境下都会做出像你这样的反应，要怪就只能怪他们自己。反正公司这方面的钱不知道赚了多少，他们也不会在乎损失一两个客户。反倒是你没有被开除，却给你升职加薪，太令我感到意外了！"

我难以置信地一把抓住沈仕墨的手："你说我升职加薪？"

"是啊，你现在的职位是业务部助理，这个职位的薪水是 6000元以上，比你以前高了一个级别，你不知道吗？"

"这个我确实不知道!"我茫然地看着她,声音有些哽咽,强烈的愧疚感让我有种想痛哭一场的冲动。

这时有几个员工朝我们这边走过来了,好像在偷听我们的谈话。我对沈仕墨使了一下眼色,示意她不要再说话。

沈仕墨满不在乎地说:"我是天不怕地不怕的,我高兴和谁走近就和谁走近,高兴说什么就说什么。没有人可以约束我,公司基本法也不行,大不了不干,我正求之不得呢!"她说完潇洒地端起饭盒,将没有吃完的残汤剩羹倒进了垃圾桶,转身对我挥挥手离去。

看着她远去的背影,我想起昨天晚上在宿舍小梁和王佩两个人的对话。看来沈仕墨的确是个不喜欢约束的人,甚至有点我行我素。这样的人通常都具有一些特殊的才能,决定他们总是比别人活得潇洒。但这样的人一旦对公司失去了利用价值,还能如此潇洒自如么?

下午我把资料拿去还给沈仕墨,当我走到她办公室的时候,发现门没有关。沈仕墨正在里面讲电话,她的声音听起来很愤怒,尽管压得很低,但我还是能隐隐约约地听到一些。

"廖总,我这样跟你说,我是绝对有资格要求公司这样做的,你说其他员工有意见,是谁,可以提出来,我当面去跟他沟通!"

廖总,副总裁廖永辉,他不知道说了几句什么,沈仕墨又说:"当初是你把我招进来的,你怎么会不知道我的情况?你如果不同意,我就去找总裁。"

沈仕墨说完把电话挂了,推开门的时候发现我站在门口,她愣

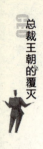

了一下,说:"你怎么在这里?"

我有点窘迫,忙说:"我过来还资料,不好意思,我不是有意听你打电话。"

"没关系,我这个人很简单,很透明,没有什么机密怕人知道。我刚才和廖总通电话,让他同意让我妈在我部门挂个职,我身体需要我妈过来照顾,他不肯,我准备去找总裁。"

我把资料递给她,她接过去后突然问我:"对了,你那天在舞台上为什么哭了?"

我装作若无其事地笑了笑:"有点想家了,快过年了嘛,你不回家过年吗?"

"我不回去,放假我都会在医院。在这里要学会保护自己,如果有其他好的机会不要错过。好了,我去忙了!"她说完转身走了,瘦小的身影消失在门口。

听到她的话我愣了半天,回到办公室的时候手机响了,我马上接起来,是总裁打过来的。我紧张地捂住手机,像做贼一样朝外面看了看,走廊上此时一个人都没有。我将电话放在耳朵旁边,总裁浑厚的声音马上传过来。他好像刚刚起床,吐字有点不清不楚:"小卓,新的办公室还喜欢吧?"

我诧异地问:"总裁,您怎么知道我换部门了?"

总裁轻声笑了笑:"总裁什么都知道,虽然我很少在公司,但公司发生的一切我都了如指掌。这里的每个人想什么我都一清二楚,我对人性和心理学可是很有研究的哟!"

愧疚感让我觉得在总裁面前就是一个罪人，我不知道用什么来补偿我的过失。"总裁，对不起，我太不懂事了，导致公司遭受到那么大的损失，我都不知道该怎么去弥补这样的损失！"我哽咽着说。

总裁笑了笑，说："小家伙，好好干，你能力很强，和小沈两个人不相上下。总裁很看好你，所以愿意给你机会，给你单独的办公室，不想你待在那里被埋没。你不要再难过了，其实总裁也经历过你这样的年龄段，在学校受了很多书本的熏陶，想什么问题很理想化，随着经历的丰富慢慢就会好起来的。"

"我明白了总裁，我一定不会辜负您对我的期望，我会全力以赴报答您对我的恩情！"我哭得稀里哗啦。

"很好，好好发挥你的才能，总裁希望下次从东京回来的时候，看到你跟现在不一样的表现。"

"总裁您要去东京吗，要去多久？"

"三个礼拜吧，你想来给我送行的话，明天晚上11点在帝王大厦的停车场等我。"总裁说完挂了电话。

20

给总裁送行

21/

遇见故友

一下午什么都没有干，尽想着总裁约我送行的事了。

我不知道自己该去还是不该去？晚上 11 点出去见总裁，是不是太晚了些？又是在地王大厦的停车场，那地方白天人多，晚上连鬼都没有几个。一个女孩子深更半夜去那里，总觉得有些毛骨悚然，浑身都不自在。

可如果不去的话，好像太不给总裁面子。毕竟我做了对不起公司的事，让公司损失了 2000 万，总裁不仅没有责怪我，还给我加薪升职。这样心胸宽阔的老板，满世界都找不出来几个，我应该当面向总裁负荆请罪才是。

去也不是，不去也不是，就这样想来想去一直要下班了也没有想出个头绪。

"如果要当面负荆请罪的话,趁现在下班的机会约他出来喝茶岂不更好?"想到这里,我高兴地一屁股从沙发上蹦起来。卓一君啊卓一君,看来你一点都不笨嘛!这样既解决了你自身的困难,又达成了你的心愿,岂不是一举两得?我拍了拍脑袋,决定立即行动,马上掏出手机给总裁拨过去。

您好,您拨打的电话已关机!

我顿时又蔫了,刚刚高兴了不到两分钟的心情又陷入到了谷底。

下班后,我慢吞吞地走出办公室,脑子里还在想着如何跟总裁联系的事,走了约莫十来分钟,一辆车"吱"的一声在我旁边停住了。

"你好!"副总裁刘阳突然出现在我面前。

怎么是他?该出现的人没有出现,不该出现的人却出现了。沈仕墨刚刚中午告诉我说他被总裁骂了个狗血淋头,马上在这里就碰上他了,真是冤家路窄。

"刘、刘总您好!"我打完招呼后就准备绕道走。

可是来不及了,他已经下了车,拉开车门对我说:"上车一起走吧!"说完还笑了笑,笑得我心里直发毛。

没办法,只得听天由命了,我跟着他上了车。

上车后,他问我:"对了,你是哪个大学的毕业生?"

"我是人大毕业的。"我说。

"我也是人大毕业的,毕业后去了美国,读了三年 EMBA,想不到在公司能碰到你这样的校友。"他笑着说。

21

遇见校友

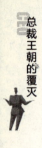

我难以置信地望着他,天啦,他也是人大的,真是太巧了,"真的?那太好了,你回国后有回母校吗?"

"回去过一次,是前年回去的,你在这里还习惯吧?"

"还好,但比不上学校,你前年去的时候我还没有毕业呢!"我笑着说。世间的事真是太奇妙了,我前几天跟他唇枪舌战了一番,弄到了你死我活的地步,想不到我们居然是校友。从年龄上看,他至少有 32 岁了,我应该叫他师兄。

"是啊,我是去看望几位老师,可惜没能认识你。对了,你那天为什么会哭?"他话题一转,突然问道。

"没有什么,想学校了呗!"我搪塞道。

"你还真是恋旧啊!"他将车子调了一个头,说:"既然咱们校友重逢,我们去喝一杯怎么样?"

"不用了,还是改天吧!"我想到了和总裁的约会。

"你有约会吗?"他好像从我脸上发现了什么秘密,盯着我的眼睛问。

"没、没有!"我急忙否认。

"没有就让我尽下地主之谊,请你这位才女师妹吃顿晚饭,反正你回去也要吃饭的嘛!"

"那,好吧!"我无可奈何地跟着他,来到万象城五楼。这里有一家法国餐厅,我们俩走进包房,听着优雅的小提琴,品着正宗的法国红葡萄酒,像置身在梦里。

"你经常来这里吗?"我将半生的牛排撒上几颗椒盐,对打完电话的刘阳问。

他笑了笑，露出洁白的牙齿。以前见到他的时候，他每次板着一张脸，今天发现他原来很喜欢笑。短短半个多小时的接触，已经笑了不下5次了。

"也不是常来，偶尔来一次两次，不过以前经常和客户来这里喝下午茶。这里的英式下午茶很便宜，两个人才一百元，那时候工资不是很多，所以常挑这一款。"

"哦，你在这家公司几年了？"

"有五年了吧，我来到的时候公司还没有做大，是我们几个人一起做到现在的规模。"他说完将胸前的白色餐布用手指弹了弹，在说起自己的创业经历时，他好像并不怎么热情，轻描淡写地带过了。

"这么久，你也是公司的元老级人物了。"

"公司就是我们几个人创办的，我，宋总，廖总几个人。公司有我股份，不然我也不会在这里。"他说完又笑了笑，端起杯子，"为我们身为校友能在一起共事干杯！"

两只高脚杯碰在了一起，红色的液体溅出来几滴，将洁白的餐布染红了。

"对了，你是哪个系的？"他问我。

"我是商学院学市场营销的，你呢？"

"我是新闻系的。"

"新闻系可是我们学校响当当的品牌啊，那你怎么改成学EMBA了呢？"

21

遇见校友

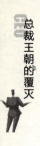

"没办法啊，新闻这行业太难做了，经商相比之下还容易点。对了，你晚点回去没问题吧？我想再约你到附近转转！"

我正想推脱，还没有等我说话，他就说："从第一次见到你，就总觉得你身上有种很熟悉的东西，你的气质和其他的职员很不一样。后来我想来想去，想到你一定和我某个认识的熟人有联系，可是没有想到你居然是我的校友。都说女人有第六感，看来男人的第六感也挺强的。"

"刘总，我——"，我想说我晚上还有事，但话没有说完就又被他截住了，"放心吧小师妹，那天的事我不会放在心上的。你口才很好，连我都辩不过你，真是自愧不如。"

他这样说我就有点放心了，我说："其实那天是我不对，我不应该在公司那么多人面前说那种话，那些加盟商一定是听了我的话才决定不跟公司合作。"

"算了，过去的事情就不要再提了。其实我这个人蛮简单的，没有你说的那么独裁，那么坏到极点。你说的那一番话让我有所觉悟，这里没有一个员工敢像你那样直截了当说出公司存在的一些问题。可能我们在公司的一些战略上的确是做错了，所以我想跟你交流一下，希望能从你这里得到一些启示，让公司今后的发展更加顺畅。"

我说："刘总，我对公司的军队化管理制度真的非常不满，它让我感觉到非常的压抑，甚至乎，我觉得它扼杀了我的天性。我觉得在这样的压力下非常累，非常疲倦，我无法去爱这样的一家公司，它让我觉得好冷酷,我想其他的职员也会有同样的感受!"

"小卓,你了解我们公司吗?"刘阳问。

我由衷地说:"我了解,总裁是白手起家的,用六年时间发展成现在的规模,总裁是我这样没有任何背景出来打拼的年轻人的偶像!"

"那不就得了?公司从开始的几个人,短短时间内发展成现在这样的规模,一定有它的道理。存在的即是合理的,你觉得公司的管理制度有很大的问题,那只是你和少数人的想法。大多数的人他们都认可公司这样的制度,他们都是有梦想的人,他们觉得在这里能找到梦想,实现他们的人生价值。所以他们很有激情,很投入地工作。就是因为有一支这样富有激情的团队,公司才能以200%的速度发展。"

"刘总,我不知道我该说什么,也许您说得对,公司能发展得这样迅速,一定有它合理的地方。存在的即是合理的,这句话的后面还有一句:不合理的都不能存在!我并没有对公司要求过高,我只希望公司能更多地从人性化立场去考虑,这样员工才有归属感。"

"你说的这些公司都会考虑,年后我们会调整战略。小卓,任何一家公司所需要的人才都是志同道合的人才,这样才像一个团队。你和小沈两个人思想很复杂,总喜欢考虑一些不该考虑的问题。我知道你们两个人都是高才生,有思想,有主见,但你们却不是利用才能帮公司发展,往往喜欢挑公司的毛病,要求这,要求那。这也是公司往往用高薪水招高学历人才,却得不到任何收获的原因。"

他说完停顿了一下，继续说："我也是个高才生，当初我也曾犯过这样的错误，是在总裁的开导下，我改变了原来的一些想法，才有现在这样的成就。我希望你回去好好想一想，总裁愿意再给你机会，也是希望你能充分利用你的才能帮公司发展。2009年是非常关键的一年，我们需要大量的人才进来，把公司这个平台建立得更好。到时候公司会兑现诺言，该给你们的升职和加薪，一样都不会少，你好好考虑一下。"

"刘总，我知道了，我会好好努力，不辜负总裁对我的期望，我还有事，我先走了！"我说完起身拿起包。

刘阳一把将我拦住了，说："小卓，我说了什么你不要太介意，在这里我就是你最好的朋友，我会帮助你的。还有，你今天晚上属于我了，除了11点准时上床睡觉，哪里也不准去！"

我惊讶地看着他，感觉他的话中有话，难道他知道总裁约我11点去送行？真是个怪人！

我推托道："不，我没有打算出去，我是真的很想回去睡觉了，昨天晚上太累了。"

"那好吧，吃完饭我送你到你的住宿附近。"

一顿法国菜吃下来花了整整两个半小时，花了刘阳2000块，我有些过意不去。刘阳把我送到宿舍附近，我对他说："刘阳，等我发了工资请你吃饭。"

"不用了，还是我请你，你先上去吧，我还有点事。"

我下车后，刘阳开着车走了。

　　小梁不在宿舍,王佩一个人蒙着被子呼呼大睡,好像很困,连衣服掉在地上了都不知道。我帮她拾起衣物,准备去洗澡。

　　当我洗完澡,换上睡衣要出来的时候,听到王佩在打电话。她好像和电话里的人吵了起来,尽管她的声音压得很低,但我却听得一清二楚。王佩说:"难道我愿意吗?谁让你没有本事养我,让我在这里受人欺负!"

　　电话那端的人不知道说了几句什么,她又说:"你他妈的才不要脸,当初还不是你先追我的。我喜欢,怎么了?人家可以给我加薪升职,我可以赚钱给我家里买房子,你能给我吗?"

　　两个人就这样在电话里吵了很久,就在我犹豫该不该出去的时候,王佩突然起身推开窗户,大声说:"你不要我,我才不要你呢,我

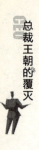

明天就去把孩子打掉,你去死吧!"说完一把将手机往对面不远处的墙上砸去,只听"哐"的一声,手机砸得粉碎。

这时我轻手轻脚地推开门走出来,发现她用被子捂住头,好像躲在里面哭。我装作什么都没有听见,把自己收拾了一下准备出去。就在我准备出门的时候,她一把掀开被子,对我说:"你要出去吗?"

"你怎么知道?"我惊讶地看着她,觉得她这个人挺不简单的。

"你不停地在屋里走来走去,好像在犹豫不决的样子,我想你一定有什么心事,然后又见你在给自己化妆,一定是有约会了。"

我在化妆?有没有搞错,我很少化妆的,除了上班的时候抹点口红,平常连口红都不抹。听她这样说,我不由得看了看镜子,天啦,我真的化妆了,刚刚洗过澡的肌肤白里透红,健康而润泽的脸颊上施了一层薄薄的粉,使皮肤看上去粉嫩粉嫩的。我还画了一点眼线,原本光彩照人的双目此刻就像夜空中的星辰,熠熠生辉。

我是在和总裁约会吗?我这样问我自己!怎么可能,总裁是伟人,是圣人,他没有炒我鱿鱼,却给我升职加薪,还是对我有知遇之恩的恩人。而我只是个普通的打工者,身份地位在公司微不足道。并且总裁年纪比我大很多,还是有家室的人,他让我去为他送行,也只是一般领导给下属面子罢了。我在干什么?从来不化妆,居然为了去给他送行,化起妆来了!

我一把狠狠抹去唇上的口红,胡乱用卫生纸把脸上的粉擦了一通。正准备去洗手间洗掉脸上的残粉时,王佩突然用被子捂住头嘤嘤地哭了起来。

我走过去拍拍她的肩膀："你怎么了小王,是身体不舒服吗?"

她没有理我,继续哭得很伤心,最后哭得全身开始抽搐起来。

"小王,你怎么了? 是谁欺负你了吗?"

"我已经两个月没有来那个了!"她突然说。

"这、这样啊,那有没有去看医生?"

"他今天和你见面了吧!"她突然坐起来,恼恨地看着我。

我愣了一下,问:"谁啊?"

"你自己心里清楚,好自为之吧,我已经被他毁了,我男朋友刚才跟我吵架,他不要我了,呜呜!"她说完又哭了起来。

"小王,你昨天晚上是不是出去了?"我问她。

"是的!"她点点头,"他让我出去,我敢不出去吗? 我都陪他睡过几次了,这个变态,本来说好陪他睡一次就给我加薪的,他昨天又让我出去。我怀孕两个月了,现在我男朋友知道了,他不要我了,我都不知道该怎么办。小卓,我那天听了你帮咱们业务部的员工说话,我觉得你是个好人才告诉你的,你不要把我的事告诉任何人,不然我就在公司待不下去了!"

我连连点头:"我不会告诉任何人的,对了,小梁知道吗?"

"她不知道,我对谁都没有讲,你以后要小心点,不要把自己给毁了!"

"小王,不瞒你说,今天我和两个人有约会,见了一个,待会儿还要再见一个,我不知道你说的他是谁!"

王佩说:"还会有谁? 最好色最变态的那个色狼!"

我还是不知道她到底说的是刘阳还是总裁,但我的心里有一个声音告诉我:绝对不会是总裁!

总裁之所以总裁,是因为他有总裁的人格魅力! 这是写在公司网站上的一句话。总裁是那么的仁慈和包容,他容忍了我的过错,还破格将我提拔为业务部助理,给我加了工资。他是那样的关心员工,做了那么多关爱社会的慈善公益,怎么可能是王佩所说的色狼?

是刘阳吗? 也不像,以前虽然不喜欢刘阳,但今天对他改变了一些看法,他怎么看也不像色狼。

到底是谁呢? 王佩她不肯明说,一定是有难言之隐,我不想再强迫她,便对她说:"那你自己以后还是不要出去了,好好照顾自己吧,对了,你肚子里的孩子是谁的?"

"是我男朋友的,我们本来打算过年回家的时候把婚事定下来,可他现在知道我这样了,不想要我了。我不知道怎么办,我恨死他了,他把我给毁了!"王佩说完又哭了起来。

"你能不能告诉我他是谁?"

"我不能告诉你,他不让我告诉任何人,如果我说出去了,他就会找人对付我!"她说完躺下用被子捂着头啜泣起来,哭了很久估计是哭累了,便睡着了。

我的背脊渐渐感觉到凉意,这一切太可怕了!

这时候手机响了一下,是总裁给我发短信了:小卓,你到了吗?

王佩所说的人是总裁吗? 是,不是? 我感到前所未有的矛盾,总裁一定不会是这样的人,可刘阳也不像,那到底是谁呢?

最后,为了解开心中的谜团,我果断决定前往一探究竟,如果总裁是王佩所说的那种人,他一定会对我采取行动。

想到这里,我马上回了一条短信:总裁,我一会儿就过去。

好的,我等你! 总裁说。

我慌忙将半干的头发绑住了,换了件衣服,急急忙忙地跑下楼。

停车场四周空无一人,夜,寂静得让人害怕!

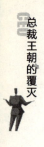

23 / 总裁是色狼？

我在空旷的停车场等了很久，就在恐怖的感觉袭满我全身每一个细胞时，我的电话响了，总裁的声音从电话那端传了过来，在寂静的夜空下非常清晰："小卓，到这里来！"

我四处张望了一下，发现总裁正在附近一辆车内朝我招手，原来他早就到了，只是没有和我打招呼。我急忙跑过去，他拉开车门让我坐进去后，轻声笑了笑："很担心你今天不能来给总裁送行呢！"

我说："不会的总裁，您要去那么久，我应该来给您送行的。我本来想白天打给您，可您的手机关机了。"

"我们就在这里说说话吧，你今天忙不忙？"总裁说完靠着我坐下了，两个人挤在一起，宽敞的车身轻轻晃了一下。

第一次和总裁两个人单独挨这么近，近得能听见彼此的心跳，甚至能感觉他的鼻息在我头顶上拂来拂去，弄得我耳边痒痒的，就像那天在梦里的感觉。我不自在地将身体挪了挪，说："还好，我把业务一部的所有资料看了一遍，打算明天和沈仕墨商量一下春节期间的广告宣传。"

"听说小沈身体不太好，你好好辅助她，等总裁回来看到你们的成绩，一定会好好地重赏你们。"

"我知道，我会好好配合小沈，把业务部的业务做得更好。我那天针对公司说了很多不该说的话，您没有炒我鱿鱼，却还给我加薪升职，我都不知道怎么报答您的恩情了！"

"小卓，其实你知道吗？对你我一直有一种很特别的感觉，你的所作所为和15年前的我特别相像。那时候我就跟你现在一样，书生气很浓，满腔热血，充满正义感，看到什么不平的事都想管一下。可是结果又怎么样？我记得以前跟我的员工讲过，我曾经睡过公园，睡过马路，一个月不洗澡，甚至，蹲过监狱。这一切都是因为我太单纯了，被人骗过很多次，包括自己身边最亲近的人。"

总裁说完拉住我的手，将我的手握在他宽大的掌心。

"总裁！"我轻轻挣扎了一下。

"你那天哭了，触动了我心底丢失了很久的一些东西。我那天就想找你谈谈，可走不开身。后来也一直很想找你，希望能够给你一些安慰和帮助，却抽不出一点时间。本来想今天白天约你，公司人太多了，我不想我们两个人成为别人的谈资，这样对你对我对公

司都不利。小卓,你介意我这么晚把你约出来吗?"

他离我太近,说话的时候呼吸直往我脖子里灌,热热的,让我很不舒服。我感觉自己快喘不过气来了,便再次把身体往后挪了挪,说:"不、不介意,总裁,您对我太好了,您就是我的恩人,我都不知道怎么报答您。我只有拼命地工作,为公司发展用尽全力,希望能够弥补我的意气用事所造成的损失!"

"你这样想就好了,你是有梦想的人,我一生最大的愿望就是给别人创造完成梦想的机会。所以,我很愿意看到你在我创造的平台上去完成梦想。"总裁说完松开我的手,坐直身体后,摸了摸我的头发,像个慈爱的长者般。

"知道了总裁,我先回去了,您好好保重!"我说完就要下车。

总裁突然又一把抓住我的手:"不要着急,陪总裁坐一下,你那天哭得那样伤心,让我心里好难过。我的员工在我这里干得不开心,回去后我一直在检讨自己,是不是自己哪里做得不够好,让员工在公司受了委屈。"

压抑了很久的委屈一下子涌上心头,从毕业那天起,发出 3000 多份简历,去近 100 家公司面试,一次次被拒绝;来到明理集团后的将近半年里,每天要看组长脸色和眼色,这一切真的是让我觉得很委屈。此时的总裁,正将我拥进他宽阔的怀抱,轻轻地抚摸着我的背,让我有一种很温暖的感觉,王佩所带给我的疑虑一下子抛到九霄云外去了。

"哭吧孩子，痛痛快快地哭一场，有什么委屈跟总裁讲出来，不要憋在心里！"

我点点头，继续伤心地抽泣着。这时候我感觉总裁的手抚摸进了我的衣服内，在我光滑的背上轻轻抚摸了几下，然后慢慢移到了前面，在那里停住了。

"总裁！"我惊醒了，一下子挣脱开他的手，惊讶地看着他。

"孩子，不要害怕，让总裁好好地安抚你，有我在，没有任何人敢伤害你。总裁就是你的王，是你的庇护，是你的依靠，是你的太阳，跟着总裁你才有出头之日。我的乖孩子，我的小羔羊，让总裁安慰你，不要伤心了，总裁会让你得到很多的快乐！"总裁抓住我的两只手，另一只手继续在我背上游移，嘴唇不停在我头发上摩挲。

我好像被催眠了，大脑失去了意识，眼前呈现出一片幻觉，不由得渐渐闭上了眼睛。

就在这时，我的手机突然响了，我马上清醒过来，急忙从他怀里挣脱出来："我该回去了！"说完一把推开他，拉开车门跌跌撞撞地往宿舍楼跑去。

宿舍的灯光是亮着的，想必是小梁回来了。我慌忙停下来整理好衣服和头发，躲到黑暗处强迫自己平静了几分钟，然后装做若无其事的样子回到宿舍。

小梁正在用电锅煮方便面，看到我回来了，她惊了一下，赶紧去拔电源线。公司规定员工不可以在宿舍里煮东西，包括用电烧开水。如果发现有人违反规定，会被处罚100元，包括他（她）身边的

23
总裁是色狼

知情不报者也会一并受到处罚。

我没有理会她，装出一副和平常没有什么两样的姿态上了床。王佩还在睡梦中，扁着嘴的样子看起来像是在梦中哭泣，估计她没有看到我脸上的狼狈。

我平躺在床上，脑子里像放电影一下将刚才的一幕来来回回地放映了无数遍。看来答案已经很清楚了，王佩所说的色狼就是总裁。总裁将手伸到我的衣服内，还在我胸前停靠，这应该算是性侵犯了。

这是真的吗？总裁怎么是这种人？我心中崇高的偶像居然是个色狼，这个结果对我的打击太大了。我想起了那个电话，电话是谁打的呢？如果没有这个电话，我会不会被？

想到这里，我觉得恐怖极了。

总裁是色狼，这个铁一般的事实此时很清晰地呈现在我面前，尽管我极力地去否定它。我从内心深处不愿意接受总裁是色狼的事实，我无论如何也无法把具有伟大人格魅力的圣人总裁和龌龊下流的流氓黑社会联系到一起。

我痛苦极了，躺在床上翻来覆去的睡不着。博学的总裁，仁爱的总裁，具有博大胸怀的总裁；龌龊的流氓，变态的色狼，到底哪一个才是真正的总裁？

我打算明天跟王佩好好谈谈，一定要彻底搞清楚她所说的一切。

　　第二天一大早，我起床的时候发现王佩已经不在了，小梁告诉我说她早上不到六点钟就走了。我问她去了哪里，小梁说不知道。然而就在我拿上包准备去公司的时候，发现王佩放了一张纸条在我包里，我急忙打开纸条看了起来：

　　小卓，我知道你昨天晚上出去是见谁了，放心吧，我不会告诉任何人的。你是个好人，我看得出来你现在正在重蹈我过去所犯的错误，但我却不能告诉你事情的真相。因为，在公司，你远比我重要。像我这样没有学历没有专业的人太多了，我只是可有可无的人。如果因为我导致你离开，他们是绝对不会放过我的。

　　我走了，昨天晚上我想了很久，最后决定离开这里，去重新找回我的人生。当你看到这封信的时候，我已经在我男朋友家里了，我

想他会原谅我的。我有了他的孩子,只要我不在这家公司,我们就能重归于好,恢复到和从前一样,毕竟我们曾经有过美好的过去。

祝:一切都好!

王佩 留

这一切太可怕了,总裁不仅是色狼,还用类似于黑社会流氓的手段控制员工。我该怎么办?我感到前所未有的迷茫,就像在大海中失去了风向的帆船一样,没有方向感,看不到前途和希望。

一路上迷迷糊糊地走到公司,在二楼的楼梯口碰到了刘阳,他冲我笑了笑:"这么早啊小卓,过年回家吗?"我想到昨天的陌生电话,该不会是他吧?于是我勉强笑了笑:"刘总早,我打算回家过年,你呢?"

"我不用,我家就在深圳,你机票订了没有?"他继续问。

"还没有呢,我先上去了刘总,要迟到了。"我说完一路小跑到办公室。

沈仕墨已经早早来公司了,正在给业务一部的员工开会。看到我从门口经过时,她走出来把我叫住了:"一君,等会儿陈总要给我们全体销售人员开会,让你也参加。"

"好啊!"我说。

看来公司所有人都不知道我和总裁之间昨天晚上所发生的事,一切工作照常进行。我打开办公室的门,正准备去开窗户,接到了一条短信:小卓,总裁昨天是不是冒犯你了?

我不知道如何回答,停顿了一会儿,他马上又发过来一条:我马上就到日本了，手机很快就会停掉。我会牵挂你的，我的小羔羊，从见到你的那一刻，你就是我的人了，你逃不掉的，乖乖地等着我回来！

看来他露出真面貌后，开始对我肆无忌惮了。看着手机屏幕上的短信，我气得全身发抖，握住手机的手抖得很厉害。我一把按住关机键，将手机给关了，转身一屁股倒在沙发上。

这时我再次想到了李亚辉，我对总裁的崇拜和仰慕中，掺杂了一些复杂的因素。这些因素能解释我对李亚辉态度发生转变的原因，也能解释我那个大草原的梦。那天下午我拒绝李亚辉的帮助，在他面前走进了总裁的车，他的心一定在那一刻破碎了。而我的心却容不下其他任何东西，丝毫没有理会他的伤痛，继续着我对总裁的热烈崇拜。

我伤害了李亚辉，亲手摧残了我们之间那朵刚刚盛开的爱情之花。它是那样纯洁，在人生的风雨中绽放出夺目的光彩。可这光彩随即就被金钱与名利的光芒遮住了，就像我的心被总裁头上的光环遮住，让我看不清这个真实的世界。

我对总裁是爱情吗？我不知道。

我只知道，我现在很痛苦，我觉得自己很下贱，那个大草原的梦将成为我一生的污点，让我不能原谅自己！

总裁接下来会怎么对我？他会用对付王佩一样的手段对付我吗？我该怎么办？我现在并不想失业，尤其是薪水涨到了6000块，这样的工作并不是很好找。既想保住工作，又不想失去自己的底

24
事情的真相

线,我要怎么做才能两全其美呢?

还有半个多月就要过年了,总裁从东京回来刚好过完春节,也就是说,我有一个月左右的时间见不到总裁。想到这里,我呼了一口气,觉得心里稍微平静一点了。

9点半后,业务部所有人员在四楼会议室集合,我和沈仕墨坐在最前排,我俩坐在一起。她今天看上去气色好一点了,脸色不像以前那样苍白,但黑色的套装依然把她衬托得很瘦小。

"你还好吧!"她突然问我。

"我很好啊,怎么了?"

"你看起来好像心神不宁,脸色也非常难看,是遇到什么麻烦了吗?"她关切地问。

"没、没有什么事,可能你误会了。"我装出一副若无其事的样子。

"眼睛大的人天生藏不住心事,有时间我们聊聊,虽然我们认识的时间不长,但在公司我感觉跟你是最投缘的。"

"我也是!"我对她笑了笑,笑得很勉强。

陈总过来了,他现在是我的顶头上司,我对他礼貌地点了点头,走过去跟他握手:"陈总您好,我是新调过来的小卓,您有需要我的地方尽管吩咐。"

"不用你说,现在就有一件事要吩咐你做,你把这个广告的文案写好设计出来,下午交到我办公室。"他说完交给我一个U盘。

"好的,我现在就去做。"我接过U盘转身就要走。

陈总把我叫住了："先别走，开完会再去弄。"

我重新坐了下来，和业务部的人一起盯住墙面上的画面。先是公司在创业初期的画面，那时候的总裁还没有发福，看上去不胖不瘦，身穿灰色西装的他，俨然已经是一副成功人士的风范。接下来是公司签到了本市一家世界500强企业，赚取了第一桶金，公司从一个50多平的破写字楼搬到了一间200平的高档写字楼。两年后，又从高档写字楼搬到了现在的办公大厦，整栋大厦是以集团的名义买下来的。

再接下来是总裁和一些政府官员的合影，总裁以集团名义向社会捐款的画面，以总裁名字命名的希望小学在全国多达30多所，去年八月份总裁还给他的母校捐助了一栋教学楼。

无论是在企业界和教育界，总裁都是一位令人景仰的成功人士。"明理、博学、慈爱、中庸、美德"，这是总裁的座右铭。去年央视还专门采访过他，在电视上侃侃而谈的总裁，是那么的博学、和善，跟王佩所说的一切简直是天壤之别。

王佩会不会是在说谎？或者我昨天会不会是在做梦？我咬了咬嘴唇，很痛。总裁的手在我背上皮肤游移的感觉依稀尚存，此时我感觉我的背部麻麻的，好像蚂蚁爬过一样难受。

"你怎么了？"沈仕墨看我表情很怪异，晃了晃我的肩膀。

"我很难受，有点想吐了！"我说完不顾一切地跑到卫生间，完全不理会陈总那双像死鱼一样的眼睛此时是多么严厉地盯着我。

吐完后心里觉得好受一点了，陈总会不会把我训一顿，然后让

24
事情的真相

135

我滚蛋？想到这里我有点犹豫不决，不敢推门进去。

"小卓，你在干什么呢？"刘阳上来了，微笑着看着我。

"刘总，我胃难受，可能是昨天你请我吃的牛排——"

"嘘！"他赶忙制止住我，一把将门推开了，我不失时机地跟在他身后混了进去。

"陈总，在开会啊，今天业务部这么齐！"刘阳进去后，和陈总打招呼，陈总背对着我，没有发现我已经混进来了。

陈总愣了愣，马上堆出一脸的媚笑："刘总过来了，我们在开部门年终总结大会，您有什么事情吗？"

"哦，没什么事，总裁去东京了，我各个部门随便转转。你们忙你们的，忙完会给我打个电话，今天有件事情想跟你商量一下。"刘阳说完就转身出去了。

"刘总慢走！"陈总送完刘阳，转身瞥见了我，狠狠地瞪了我一眼，瞪得我心里直发麻，连大气都不敢出一声。

25

看似忠、实则奸的谏言

陈总总算没有为难我，当我把设计好的广告交给他的时候，他看了看，看完后还对我露出一口被烟熏黑的牙笑了笑，笑得我莫名其妙。"很好，做得很好，小卓啊，不愧是名校毕业的，这么年轻就这么有才，将来一定是公司的顶梁柱。"陈总说。

"还好啦陈总，我做得还不够好，以后我会更加努力学习的。您有什么需要尽管吩咐，我一定尽我所能为您做事。"我的脑袋瓜子经过昨晚的洗礼，突然间好像清醒了很多，不再像过去那样整天犯迷糊了。这种随口而出的假话、客套话、官话、马屁话，让我自己都觉得肉麻。

"不敢不敢，对了，你跟刘总是什么关系啊？"他话锋一转，弄得我措手不及。想必是刘阳告诉他要照顾我了，所以他对我的态度才

137

来了个十八度的大转弯。

"没有什么关系,刘总跟您提起我了吧,其实我是被总裁安排过来的,刘总只是遵从总裁的意见罢了。"

"哦,这样啊!"陈总一听,更加不敢怠慢,起身又是倒茶又是让座,弄得我反而不自在了。

我知道陈总以后肯定会问总裁,到时候我就死定了。但我这样说可以保护刘阳,让陈总不知道刘阳在暗中帮我,以为刘阳只是想拍总裁的马屁才会罩住我;管他的,反正豁出去了,谁知道总裁回来后会如何对付我,先在姓陈的头上耍几天威风再说,总比每天看他那张死人脸强点。

"我先出去了陈总,小沈那里总裁吩咐过了,要我多帮帮她,我现在要去和她商量做广告的事。"

"好的,慢走,欢迎随时过来我这陋室赐教。"陈总说完起身送我。

"你来了。"沈仕墨看到我,迎了出来,"你跟刘阳是什么关系?"

我愣了一下,谨慎地回答:"总裁走的时候一再交代我要辅助好你,辅助好业务这边所有的部门,刘总应该是听从了总裁的安排,所以过来跟陈总打声招呼,方便我做事。"

"哦!"沈仕墨若有所思地回答,"你看这个广告登在什么地方比较好?集团的意思是在电视台每晚八点插播两分钟电视广告,连续播放一个月。"

我看了看,说:"电视广告覆盖面虽然很广,但是是针对所有社会大众的,一般来说,像一些大众生活用品最适合播放电视广告。而我们做的是培训,主要针对的是需要充电的白领,以及需要补课的学生。所以我觉得在地铁做灯箱广告最好,我们的客户绝大多数是 13 ~ 45 岁这个年龄段的人,地铁是这个年龄段的人聚集比较多的地方。"

站在她旁边的是业务二部的经理张耀辉,他说:"我觉得还是在繁华地段的高档 CBD 做电视广告比较好,这样面对的群体更广泛一点,也更有针对性一点。"

沈仕墨深思了一下,说:"都有道理,但是两个费用就差了一大截了。"

陈总过来了,一言不发地站在一边看我们讨论。

我说:"是啊,在繁华地段的 CBD 做电视广告费用很高,还不如家庭电视面对的群体广泛。"

张耀辉说:"家庭电视广告怎么能跟繁华 CBD 的电视广告相比?前者的受众群体大部分都是一些师奶,而后者面对的都是 CBD 附近的工作人员和老板!"

"你别忘了我们有部分业务正是针对这些家庭主妇的,再说我们现在做的不是只注重短期效益的促销广告,而是一个在大众口碑中树立品牌形象的长期性广告。"

张耀辉咄咄逼人的一把将我粗略设计了一下的广告方案扔到陈总面前,说:"陈总,你看一下,她的意思是在 CBD 做电视广告不能够提升我们的品牌形象。真是,你到底懂不懂营销? CBD 电视

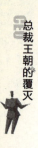

广告可以把我们的品牌形象提升到一个非常高端的层次,地铁广告根本就不能比!"

我说:"那也要看是什么产品,比如高档汽车,属于高消费奢侈产品,且是面向全球的,适合走高端的广告路线。而我们是做培训的,面对的是社会大众,无所谓高端不高端,你觉得呢?"

"你的意思是我们做培训的就不如人家卖高档汽车的,我们也没有像人家那样面向全球,所以就只能做低档的广告,就应该像乞丐一样不求上进,对吗?总裁是白手起家创立的这家公司,公司在短短六年内发展成现在这样的规模,这难道是不求上进的人能够做到的吗?"

我毫不示弱地说:"你这种态度看上去对公司很忠心,实际上是有害的。我们是在讨论问题,你可以说出你的观点和意见,不需要把你自己臆断出来的东西强加到我头上。你这根本就不是讨论问题的态度。"

"你什么意思?我怎么就不是讨论问题的态度了,我怎么是自己臆断了?难道按你的说法不是这样吗?你说在高档写字楼和商务中心不适合我们做广告,你又说我们的客户都是白领,这不是自相矛盾吗?"

"我们的客户除了企业老板和白领,还有很多是普通老百姓。再说我就从来没有说我们培训的不如人家卖高档汽车的,这是你自己说的;我也从来没有说我们应该像乞丐一样不求上进,也是你自己说的。做培训的,和卖高档汽车的,就好比卖生活用品的沃尔玛和卖房子的万科集团,你敢说全球最大的零售商沃尔玛就不如卖房子的吗?"

"好了,我说不过你,你的口才我早就见识过了,甘拜下风。我不参加讨论了,你们想怎么搞就怎么搞吧,只要陈总说行就行。"张耀辉说完甩手要走。

沈仕墨过来打圆场:"好了好了,你们两个都不要吵了,两个效果谁优谁劣现在还很难判断,要不这样吧,这个问题先放一下,我们明天再讨论!"

陈总说:"你们不要吵来吵去,争了半天我也没有听出个名堂,公说公有理,婆说婆有理,这样吵下去到明天也讨论不出来一个结果。"

我说:"这样吧,每天晚上八点的电视广告可以做,我们有部分业务是中学生计算机和英语培训,可以针对一些家长做宣传。但是不适合长期做,那样费用太贵了,我把费用分成两部分,一部分投放电视广告,每次由两分钟缩短到30秒,投放时间由一个月缩短到一周。其他的费用全部投入到全国有分公司的地铁灯箱广告。我做个预算方案出来,看上边能否通过。"

"这样最好。"沈仕墨对我的提议很满意。

第二天上午11点半,我把预算方案提交给陈总看了一下,陈总看了我的分析和设计,很快就在公司高层会议上提出来讨论并通过了审议。

当天晚上下班的时候,沈仕墨过来邀请我晚上一起吃顿晚饭,

我欣然同意。晚上我下班的时候她还没有走,让我在停车场附近等她。我走到天桥下面,准备在那里的长凳上一边坐一边等。

这时候我看到张耀辉的车子朝这边开过来了,就在我附近一个卖冷饮的地方停了下来。

我赶忙背对着他,装作没有看见。因为广告的事他好像对我很不满,我怕待会儿碰面后弄得很尴尬。

他一边掏钱一边给人打电话,说:"哥们儿,你那事彻底泡汤了,他妈的,公司新来的一个女的,搞市场策划的,调到我们部门了。昨天本来想说服公司投放你这边的,结果这女的一张臭嘴,硬是说服公司把我提出的方案给否定了。简直气死我了,现在你跟我那份都拿不成了,咱俩白白损失掉了 20 万!"

他说完放下电话,一转身却发现了我,我俩同时目瞪口呆足足看了对方三分钟。这三分钟就像三个世纪那么长,让我把社会和人性彻底看得清楚明白。

"我什么都没有说,刚才是和一个朋友开玩笑的!"他故作潇洒地说。

"哦,我也什么都没有听见啊,我刚才在听歌!"我拿出包里的耳塞对他说。

他尴尬地转过身钻进车里,车子急速地朝宽阔的柏油马路上驶去。

26/ 不辞而别

沈仕墨的车开过来了,我上车后,心情久久地无法从张耀辉带给我的震撼中挣脱出来。这两天接二连三的打击太大了,先是总裁,后是张耀辉,让我饱受刺激的还有王佩。不知道王佩怎么样了,她没有上班,公司却风平浪静,提都没有听到人提一下。

我想起王佩好像是沈仕墨这边的,想必从她这里能找到一点信息。于是在沈仕墨停完车后,我问:"对了,你认不认识一个叫王佩的女业务员?她好像是你这边的!"

沈仕墨沉思了一下,说:"确实是我这边的,她前段时间升为副主管了,今天却突然告诉我说不来了。"

"她有没有告诉你她为什么不来?"

"说身体不舒服,原本打算请长假,行政那边不批,于是她就不

辞而别了。怎么,你认识她吗?"在一家茶餐厅坐下来后,沈仕墨问我。

"她和我现在住同一间宿舍,仕墨,你觉得咱们的总裁到底是一个什么样的人?"

沈仕墨脸色变了一下,说:"你是不是发生什么事了?"

"没、没有!"我矢口否认,"只是我觉得王佩突然离开显得好奇怪,我前两天听到她和男朋友吵架,提到公司有人占她便宜!"

"其实关于王佩的事,我也知道一点点,像她这样的女职员在公司蛮多的,以前也发生过,我不知道你想从她身上知道什么?"

我压低嗓门说:"我想知道总裁到底是一个什么样的人?"

"你为什么突然想了解总裁,一君,你是不是出什么事了?"沈仕墨关切地问。

"是的,"我点点头,"仕墨,不瞒你说,我对公司任何人都不信任,现在除了你,我都找不到一个可以说话的人了。有些话我一直想对你说,但总是没有机会。我想知道总裁到底是一个什么样的人,我从来公司以后一直觉得他很神秘。后来通过各种宣传我了解到他是一个很慈善的人,一个白手起家的创业者,一个具有伟大人格魅力的人。可是前两天王佩说公司高层占她便宜,我问她那人是不是总裁,可她却不敢说,然后就突然从公司离开了!"

沈仕墨若有所思地点点头:"这样吧,你想了解真相的话,我可以带你去找王佩,我知道她的住址,她刚来公司的时候和我关系还不错。对了一君,你是不是和总裁之间发生过什么?"

"没、没有,总裁只是经常给我发短信,很关心我。那次我导致公司损失了两个客户后,他不但没有辞退我,还给我升职加薪。我对他一直心存感激,视他为恩人,可是总裁前天却突然要我晚上去给他送行!"

沈仕墨的脸色变了一下,她一把抓住我的手:"然后怎么样?"

"也没有怎么样,王佩说的那些话让我感觉总裁是一个很恐怖的人。仕墨,如果总裁真是王佩所说的那种人,我们还有必要再留在这里吗?"

"只要是打工,在哪里都差不多,无论在哪里,我们都应该学会保护自己,你说呢?我开始的时候也曾经——,算了不说了,我只是个打工者,谁给我高薪水我就帮谁做事。其他的,我不想去管,也管不了!"

我说:"可是以你的能力在其他公司一样能创造这么好的业绩,拿到高额的薪水,不是吗?"

"不说了,说来话长,我们赶紧吃吧,吃完我带你去见王佩,到时候你就什么都明白了。"

就这样,我和沈仕墨两人吃完饭,她开车载着我去找王佩。车子开了大约30来分钟,在一栋破旧的住宅楼前停留下来。楼道里一片漆黑,我俩摸索着走上四楼,在一扇门前敲了敲。

门开了,王佩的脸露了出来,她看到我们两个不速之客,脸色变了变,说:"你们怎么找到这里来了?"

我说:"王佩,你现在方便吗?我们想进去跟你聊聊。"

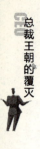

"不用了吧，我男朋友等会儿马上就回来了！"王佩说完要关门。

我急忙一把将门给拉住了："王佩，我们都是一条线上的人，你这样躲避也不是办法。我们只是想从你这里了解一些情况，就算你遇到什么麻烦，我们也可以帮你不是吗？"

"你们帮不了我什么，公司像我这样的女孩一抓一大把，没有高学历，没有高技能，在这种人生地不熟的地方，我们能怎么样？所以我没有什么好说的，小卓，你自己好自为之吧！我男朋友好不容易原谅我了，我现在只想把过去的一切都彻底忘掉，求求你们不要再让我回到过去了！"王佩说完哭了起来。

"你让我们进去说好吗？"我哀求道。

"那要不这样，你明天过来吧，我男朋友马上回来了，他看到你们，会以为我想回公司，他会不高兴的。"王佩说完，"砰"的一声将门给关上了。

我不知所措地看着沈仕墨："仕墨，怎么办？"

"走吧，都在我意料之中，每个女孩子经过那一段故事，都不想再去面对了。我们回去吧，我先送你回宿舍。"

就这样，我和沈仕墨两人两手空空地回去了。她好像对这一切毫不在意，而我却感到极大的失落。我一定要看到事情的真相，我必须清楚地知道总裁对王佩及公司那些女孩子们做了什么。

于是，我决定第二天独自一个人去见王佩。

第二天晚上下班后，我打了一辆车直接去找王佩。可是令我意料不到的是，我敲了门很久都没有人回应。

住她旁边的人告诉我，说她已经不在了，和她男朋友两人回老家了，是一大清早拎着大包小包走的。我问他们还会不会回来，那人说不知道。

王佩的不辞而别更加深了我心中的阴影和恐惧，是一种什么力量让一个女孩子害怕到如此程度？又是一种怎样的经历让她变得如此小心翼翼对谁都不信任呢？

27/

男人的事业是女人换来的?

王佩走了没几天,公司马上就要面临放假了。这几天总裁一直没有给我打电话,也没有发短信,他好像从我的生活中消失了。而我,也将王佩的事暂时放在脑后,每天正常上班下班,就好像什么事都没有发生一样。

可能是背后有刘阳这个校友罩住的缘故,陈总一直对我很客气。沈仕墨跟我关系现在形同姐妹,她在整个业务部都很有资历,业务部这些人员除了张耀辉,也还算给我面子。而张耀辉,我自从掌握他的把柄后,他一直没有再公开跟我过不去。每次见面,他都像做了什么亏心事一样,躲躲闪闪地不敢直接面对我。

我现在的生活可谓如鱼得水,一帆风顺,没有任何人找我麻烦。这段时间是我来公司后最顺当、最平静的一段时间。可是这平静的背后却常常令我感到非常的不安,我总觉得好像有一场暴风雨即将来临,不知道接下来会发生什么事。

就在公司放假的前两天,我和沈仕墨约好了一起出去吃饭。我感觉她这两天心事重重,好像有什么重要的话要告诉我。我打算今天跟她再好好聊聊关于公司的一些问题,以及我们未来工作安排和发展的问题。她来公司两年多了,好像什么都知道,包括王佩的事,只是不愿意去提。我想她可能和我一样,为了不失去这份还算不错的工作,对一切能忍的都忍下去了吧!

刚走到公司门口的草坪旁边,陈明丽过来了,我故意拿出手机给沈仕墨发短信,低头不看她。她盛气凌人地走到我面前,一句话不说,这时我不得不抬起头跟她打招呼:"陈总,您好!"

"这位女职员,你今天没有按公司要求穿职业装,你这样的行为按照公司基本法规定是要处罚100块钱的,如果第二次犯就要被开除了。"

"哦,不好意思,我下次注意。"

"职业装是体现职业人基本素质的一种方式,护士要穿护士装,医生要按医生的标准着装,都是有规矩的,明白吗?我现在问你一个非常简单的问题,如果一个涂着指甲油、袒胸露背的女人要给你打针,你会让她打吗?"

"不会。"

"那就对了,如果是穿护士装的人给你打针,你一定不会在心理上产生抗拒。你现在的打扮就是那个袒胸露背、涂着指甲油的女

人，如果客户看到我们公司的员工这样随意，他们会放心把他们的前途交给我们吗？"

我抬起头不卑不亢地说："不好意思陈总，我是做文案策划的，不需要接待客户。再说穿得太死板会扼杀我的灵感，所以我没有每天穿套装，如果您要求我必须穿的话，我明天一定会穿上。"

她冷笑一声，居高临下地对我说："是吗？公司所有人都必须穿套装，包括我，为什么你可以例外？你以为你是什么人？"

"我不是什么了不起的人，但我跟您一样是个人，我在这里做事，自然有我的职业道德标准，我并没有给公司丢脸，也没有辱没公司给我的那份工资。"我很想说她没有什么了不起，但我怕太直接会跟她发生冲突，把事情闹大对我没有好处。

"没有那么多理由和借口，公司就是军队，上级就是长官，员工必须服从公司的规章制度，没有制度就没有王法。想干什么就干什么，那样的公司就是一盘散沙。从明天起，你必须每天穿套装。"她说完转身准备走。

我松了一口气，暗自庆幸她没有再为难我，心想穿套装就穿套装呗，又不会死人，没有什么大不了的。这时候沈仕墨突然出现了："是我让卓一君不穿套装的，从明天起，我也不穿套装。"

陈明丽转身看着她，眼神变得非常锐利，好像要杀人一样。这时候我看到她的鼻翼一张一合，额头两边的青筋也鼓了出来，心想她这人一定很好斗，如果输给别人，她是死都不会甘心的，可能会气得气血膨胀，一命呜呼！

我急忙拉了沈仕墨一下："仕墨，我们走吧，陈总，您不用生气了，我明天一定会穿套装，对不起！"

"你最好这样，否则，别说炒了你，连你的上司陈辉也一块儿卷铺盖走人。"陈明丽说完转身离去。

"站住！"沈仕墨叫住她，几步冲到她面前，"姓陈的，别以为你做什么大家不知道，别忘了，上面还有一个总裁夫人，她才是真正的女主人，你最好不要太自以为是了。"

陈明丽一听，气得指着沈仕墨的鼻子："姓沈的，别以为你在这里算什么东西，你充其量不过是总裁利用的一条狗，就算你做了8900万又怎么样？那笔钱现在有百分之五在我的口袋里，你有什么？你算什么东西？明理离开你照样运转，别忘了老娘当年也是做业务出身的，你能做到我照样行。"

事情越闹越大了，看来她们之间的矛盾积压得很深，而我只不过是个导火线。

一些路过的员工看到两人势头不对，停下脚步开始朝这边东张西望。沈仕墨此时看起来很平静，她冷笑一声："你就是个婊子，当年是靠卖身给公司拉了第一笔单，总裁喜欢你这种歇斯底里的变态疯女人吗？不是，他是看你陪客户睡得连孩子都生不了了，才给了你百分之五的股份，让你当个副总裁满足你的虚荣心。再次警告你，以后不要碰一君一根汗毛！"

此时的陈明丽看起来像只斗败了的公鸡，又像被秋霜打过了的蔫茄子，脑袋耷拉了下去，目光变得非常呆滞，整个人好像被电打傻

了一般。

"一君，我们走。"沈仕墨拉着我的手，我俩迅速地上了车。

车门关上后，我从车窗看了陈明丽一眼，发现她还站在原地发呆，心里不由得同情她起来。难道沈仕墨说的都是真的吗？公司的第一笔订单是靠她和客户睡觉得来的？总裁所谓的创业，难道是靠女人卖身？我的天啦，还有刘阳，他那天还告诉我他和总裁一起创业，几个男人的事业居然是一个女人的牺牲换来的！

沈仕墨从反光镜看到我沮丧的样子，关切地问："一君，你怎么了，不舒服吗？"

"仕墨，你刚才说的都是真的吗？"

"我说什么了？"

"公司创业的时候第一笔订单是靠陈总和客户？"

"好了，这种问题不要多问了，也不要在公司和任何人提，否则传到总裁那里，你可能连小命都没有了。这里的水很深，不是你这样涉世不深的人所能想象的。"

此时窗外灰蒙蒙的，而我的心，也变得灰蒙蒙的，尽管车里开了暖气，但我依然是感到全身在发抖。

"仕墨，你今天是不是有什么话要对我说？"我俩在餐厅坐下来后，看着她那张忧心忡忡的脸，我问。

"是的，我妈明天就过来了，我要去做手术，到时候不知道会怎么样。所以一些话我想提醒你：一定要学会保护自己，在这里要想往上爬没有那么容易！"

"你是在暗示我吗？你是不是什么都知道？"

"你太单纯了，老是对一些明摆着的问题打破沙锅问到底。没错，我现在告诉你，王佩所说的人就是总裁，她陪总裁睡了才升的副主管。其实这里大部分的女孩都陪总裁睡过，这里所有的女孩子都是经过精挑细选像选嫔妃一样选进来的，个个都有几分姿色，你没发现吗？"

我的脑子里一片空白，让我痛苦了好多天的问题终于有了答案！令我震惊的是，总裁不仅仅是色狼，还是一个大独裁者，把这里的每个女孩子都当成他的嫔妃。

我的天啦！我整个人都像掉进了冰窟窿，心像被一块巨大的海绵吸干了一样空洞。

我无力地看着面前的沈仕墨："仕墨，这、这太让人难以置信了！"

"就是这样的，这就是你想知道的真相。你这天真的傻瓜，对总裁心存幻想是吧？这里所有的女孩子开始都对总裁心存幻想，她们就像虔诚的教徒，对总裁充满了崇拜和景仰，心甘情愿地被总裁操控。总裁有所有女员工宿舍的钥匙，他可以随时到员工宿舍来找你'谈心'，这里的保安就是总裁养的狗，他们是专门用来管控我们的。"

"仕墨，我——！"我不知道该说什么了。

"你还想知道什么？我知道你一直想问我这些问题，但我觉得没有必要说得那么明白。因为我们还要在这里做事，因为我们在这里付出的太多了，总想把失去的成本捞回来，对一切都习以为常了，

睁只眼闭只眼就当什么事都没有发生,不然我一天都待不下去了。唉,可我付出了那么多,现在才捞回来十分之一!"她说完趴在桌子上啜泣起来。

"我明白了仕墨!"我点点头,想着她在食堂和着腐乳吃稀饭的情形,瘦小的身躯裹在黑色套装里发抖的情形,对她充满了同情。和她相比,和王佩相比,我算是比较幸运的了,至少我现在还没有沦为总裁的嫔妃,也没有因为长期超负荷的工作把身体搞坏!

她趴在桌子上啜泣了很久,抬起头对我说,"一君,我马上要做手术了,我的胃可能要被切除,我真的好害怕,好不甘心!我想等我做完手术后就离开这里,这两年我业绩做得很好,赚了一些钱,到时候我们一起离开,好不好!"

"好!"我郑重地点点头,两双手紧紧握在了一起。

28 / *藏在日记本和 U 盘的证据*

广告做出来了,贴在了华强北最繁华的地段和每一个地铁车厢里,总裁的像被放得很大,每张像的姿态都是一样的,这是公司的要求。我现在走到哪里都能看到总裁那张阴魂不散的脸,而这一切都是我的杰作,这令我感到非常的郁闷。

公司明天就放假,沈仕墨没有等到公司放假就去医院做手术了,她的胃部要被切掉一半。想起她那副瘦小的身材,和那张鸡心一样的面孔,我就为她担忧。我打算做完今天的工作就去看望她,却没有想到我妈居然从老家突然杀过来了,要我去火车站接她。

从毕业离开家以后,这是第一次见到我妈,她看上去好像又苍老了一些,头上有很多白头发。"妈!"我站在月台上远远看到她过来了,激动地跑过去。

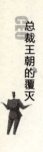

妈看到我后,她激动地拉着箱子从人群中朝我跑过来,站到我面前上下打量着我:"一君,你看上去瘦了,是不是工作特别劳累?"

我帮妈接过箱子,露出一脸灿烂的笑容:"没有啊妈,坐车辛不辛苦,你一定很累了吧?"

"还好,我运气好,买了一张坐票,好多人都没有位子坐呢!"

"那就好,我现在带您去——"我突然想起我一直是住在公司宿舍的,妈突然跑过来搞得我措手不及,我一下子不知道把她安排在哪里住下来。

妈看到我为难的样子,心疼地对我说:"是不是不方便住?那妈去你住的地方看看,跟你吃顿饭就走。"

"不是的妈,你女儿有钱,可以让你住在宾馆,我那地方啊,也不是不能住,只是怕您不方便。我现在带您去我们公司附近的宾馆,那里可便宜了。"我说完就带着妈挤上公交。

"一君啊,要不是妈担心你,可真不愿意来这种大地方呢,妈想看看你在这边生活得怎么样,所以迫不及待地就跑过来了。"

"知道了妈,您不用担心,我每个月工资好几千呢,比咱们那小城市的公务员强多了。您女儿在公司混得还不错,还是个小头呢,等明年呀,您就等着搬过来和我一起住吧!"

"真的呀?在公司好好听领导的话,领导让你做什么就做什么,你爸死得早,妈从小惯着你,就怕你在外面顶撞领导呢!"

妈,您知道女儿现在的状况吗?女儿所谓的领导们,都是一些披着人皮吃人不吐骨头的狼。传统的儒家文化把您熏陶成什么都听领导的话,可真正的儒家文化不是这样的,孔子不是这样的。是那些有权力的人强奸了孔子的思想,他们披了一件孔子的外衣,利用孔子的影响力来愚弄民众。妈,您受骗了!

我强忍着眼泪,对妈露出一个笑脸:"妈,我知道,我在公司可听话了呢,我们领导啊,就喜欢我这样听话勤快又聪明能干的员工了。"

"这样就好,这样我就放心了。"妈高兴地抱了我一下,我都24岁了,妈还在这么多人面前抱我,让我很不自在。

就在我和妈准备下车的时候,沈仕墨突然给我打电话了:"一君,你在公司吗?"

"不是,我刚去火车站接我妈,现在准备去找宾馆让我妈住下。"

"这样啊,要不让你妈住我那去吧,你等会儿过来一趟,我有话要跟你说。"

"哦,那也好!"

就这样,我把妈接到沈仕墨的家里,她在公司附近的花园小区买了一套两居的房子,花了60多万,付了三成首期。

安顿好我妈后,已经是将近四点了,我想到沈仕墨在电话里对我说话的语气,感觉好像有什么事情要发生。于是我到公司和陈总打了一声招呼,就打了一台车往医院赶。

开门的是沈妈妈,她正在用电饭锅煮稀饭,看到我进来了,她给我倒了一杯水,就忙着去打开水去了。沈仕墨的脸色此时和病床上的床单不相上下,她看到我,挣扎着要起身坐起来:"一君,你来了!"

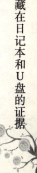

"你怎么样？做完手术后感觉好一些了吗？"我问。

"还没有做，你妈住着还习惯吧？"

"还好，我妈一个劲地夸你能干，说你能买那么好的房子，可了不起了，要我向你学习呢！"

"可千万别向我学习，一君，我叫你来，是有件事想委托你帮我办理。"

"说吧，你的事就是我的事，包在我身上，上刀山下火海在所不辞。"

"我想请你帮我把总裁办公室的一个红色日记本和一个黑色U盘偷出来。"

我吓了一跳："什么，让我偷东西？仕墨，我、我可从来没有干过这样的事，那可是违法的！"

"嘘！那里面都是机密，很重要，有了它，我就可以完成我毕生的心愿了！"

"仕墨，你不会有事的，你说的事，我尽量去帮你办。万一被他们抓到了，大不了判我几年徒刑。我不怕，大不了一死，十八年后——？"

"好了，你今晚先陪你妈在我家住下，我妈要在这里照顾我。公司明天放假，会有很多活动，到时候会搞得很乱，这是个千载难逢的好机会，你一定要想办法下手。"

"哦，好的，我回去好好想想明天该怎么办，就这样，你还有什么事没有？"

"没有了，我明天上午九点就要做手术了，你办完后来找我，我等你的好消息。"她说完躺了下去，显得非常疲倦，嘴唇干得仿佛要裂了。

　　"好的仕墨，我走了，你好好保重。"我说完退了出来。

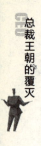
29

照片里的秘密

　　我妈在沈仕墨家住着很不自在,她一刻也不能闲着,一会儿去
整理窗台上被吹得乱七八糟的花草,一会儿去擦洗厨房里的炉台和
抽油烟机。我洗完澡的时候,她已经在楼下超市买回来一大堆菜,
做好了饭等我。

　　我心不在焉地扒着饭,从医院回来的路上我脑子里总想着明天
怎么才能混到总裁办公室去偷东西。要知道我虽然平常大大咧咧
的,遇上这种事还是头一次。何况我从来没有去过总裁办公室,来
公司这么久了,我连他的办公室是哪间都不清楚。

　　妈看我心神不宁,担忧地问我:"一君,你怎么了? 从朋友那里
回来就心事重重的,是不是朋友出什么事了?"

　　"没有的妈,朋友身体不太好,她明天要做手术,我有点担心她

的身体吃不消。”

“这样啊，要不你今天晚上去陪她？”

“不了，明天等公司放假了我下午就去看她，今天晚上我先陪您。”

妈低头不说话了。

“没有事，您即使今天不来，我今天也不用去陪她。她可坚强呢，是我们公司最厉害的业务经理，一年能给公司挣 1.5 亿呢！”

妈吓得张大了嘴看着我：“我的天啦，挣那么多钱，要放在咱们那小城市，这么多钱都可以买得下整个商场了。”

我说：“是啊，所以呀，你女儿出来闯是对的，要在我们那地方连份工作都找不到。”

“说得也是，那你多吃点菜，明天我跟你一起去看她。”

晚上我们娘俩躺在沈仕墨的床上，妈可能是坐了十几个小时的火车，太累了，上床很快就睡着了。我看着沈仕墨影集里的照片，多半是她在大学的时候照的，风景优美的武汉大学，青青草地上清秀的她，映衬着蓝天和白云，显得非常的美！那时候的她要比现在胖一点，头发很长，看起来很清纯、很有才气。在影集的最后一张照片后面，有一张小小的照片露出来了，我捡起来看了一眼，顿时惊得目瞪口呆，那张照片是沈仕墨和刘阳两个的合影。

他们两人是什么关系，为什么会有如此亲密的合影照？

怀着这样的疑问，我想从她的抽屉里多找一点资料，但又觉得这样不妥，就没有再继续。可能他们曾经相恋过吧，那为什么要分

29

照片里的秘密

手呢？沈仕墨病了，为什么刘阳都没有去看过她？更令我百思不得其解的是，沈仕墨那次在公司和张总的助理麦子发生冲突，刘阳居然没有站出来说一句话。

不知不觉已经是 12 点了，妈醒了，看我还没有睡，起身为我倒了一杯水："一君，你怎么了？"

"没什么的，妈，您早点睡吧，我每天睡得很晚，今天突然一下子早睡，有点不习惯。"

"哦，那妈给你讲讲故事！"

我有点啼笑皆非："不要了妈，我都多大的人了，又不是小时候，您赶紧睡吧！"

"我就给你讲讲我们家那里今天发生的一些趣事！"

"妈，我在想一件很重要的事，我们家那里的一些事，等明天您好好给我讲一讲，好不？"我实在不忍心拒绝妈的一番心意，可沈仕墨给我交代的事太重要了，让我腾不出一点心思来想其他。

"那好吧！"妈继续躺下了，不一会儿发出了轻微的鼾声。

第二天一大早，我拎着妈给我准备的丰盛早餐，边走边吃，不知不觉来到公司门口。公司今天很热闹，果然像沈仕墨说的，整个场面乱哄哄的，大家都在收拾自己的办公桌，门口堆了大堆的东西。

袁小丽和一位男同事两人在干仗，袁小丽叉着腰，噼里啪啦几下子就把男员工吼得晕头转向了："组长明明让我们俩干的活，你凭什么让我一个人干？"

男同事也不示弱："你的电脑，干吗要我搬啊？"

"哼，反正组长说了，电脑全部要你搬，你爱搬不搬，我可不管了。"袁小丽说完站在一旁摆出一副袖手旁观的样子。

组长不知道什么时候冒出来了，快一个月没有见到她，她看上去还是那样，冷冰冰的一副盛气凌人的架势。看到两人在吵架，她眉头皱了皱，"噔噔噔"走过来："你们吵什么呢？"

袁小丽赶紧迎上去来了个恶人先告状："组长，您看，电脑这么重的东西，他居然要我搬！"

"12号，你是新来的，又是个男的，电脑就应该你搬，等会儿忙完了到我办公室收拾。"组长说完看都没有看他一眼转身回她办公室去了。

12号，原来他是顶替我的，看他一副老实巴交的样子，低着头站在那里不知所措地抚弄着衣角，令我想到我刚进公司的那阵子，不由得对他产生了几分同情。

"小丽，干什么呢，干吗老欺负新人？"

袁小丽对我眨巴了一下眼睛："一君，你不知道，他特别可爱，我逗他玩的呢，嘿嘿！"

"那也不能欺负人家呀，对了，问你件事！"

"什么事？"

我附在她耳边轻声问道："总裁办公室在哪里？"

"你问这干吗？"

"我就是好奇呗！"

"好吧，我告诉你，在二楼最中间那套大房子。"

"哦，好的，我知道了，这几天太忙了，等过完年回来请你吃饭！"我说完一路小跑地上了楼。

二楼冷冷清清的没有半点动静，不像其他楼层忙得一塌糊涂。我装作走错路的样子走到袁小丽说的中间最大的房子，可看了半天也没有分辨出哪间办公室是最大的，因为所有的门大小都一样。

"干什么呢？"一个声音突然从我身后传过来，我吓得心都快跳出来了，回头一看，原来是张总。我沉住气，跑过去对他恭维起来："张总您好，好久不见您了，您现在可是气色越来越好了！"

"是你呀，你现在不是调去三楼辅助业务部了吗，怎么跑到这里来了？"

"我走错路了，不知道怎么走到这里来了。对了，我刚才听到最大的那间办公室里面有声音，好像是老鼠在里面，所以想看看是不是什么重要的文件被咬坏了。"我急中生智道。

"不会吧，我听听！"张总说完俯身将耳朵贴在中间的一扇门上。

我一看，六号门，好得很，总裁就在这六号门里面办公，接下来我该想办法如何把它打开了。

张总听了半天，回头对我说："没有啊，我什么都没有听到。"

"可能您的耳朵被塞住了，我刚才明明听到里面有老鼠跑来跑去的声音和啃东西的声音，我再听听！"说完我也把耳朵贴在上面听了一下。

"怎么样？"

"现在没有了,老鼠很机灵,估计是知道有人要进去抓它们。"

"你说得有点道理,我去给领导请示一下,你在这里等着我。"张总说完屁颠屁颠地跑到旁边的办公室敲了敲门,敲了半天没有人应。

"怎么样张总?"

"这样吧,你先去忙你的吧,等会儿我给廖总和刘总打个电话。"张总说完丢下我走了。

30/
大功告成

　　我有点气馁地转过身，不得不先上办公室。三楼的业务部七个部门今天乱成一锅粥了，沈仕墨不在，陈总坐在办公室喝茶，几个业务经理在开会。其他的业务员们卸电脑的卸电脑，擦桌子的擦桌子，满地扔的是废弃的纸张和杂物，我上楼梯的时候连个落脚的地方都没有。

　　"小卓呀，你过来了！"陈总老远看到我，把我给叫住了。

　　"是啊陈总，您这么早啊！"

　　陈总叹息一声："能不早吗？小沈请假了，我以前什么都放手让她去干，现在她不在，我就什么都要操心一下了。"

　　"哦，我去看过她了，昨天我们俩还说等她身体好了一起好好合作，把咱们业务部越做越好呢！"

"你们能这样想我就放心了,对了,小沈身体还好吧?我本来应该亲自去看望她的,可这几天我家里也是一堆事,实在走不开啊!"

想不到陈总还能有这份心,我要开始对他刮目相看了。

"我今天下午下班后会去看望她,向她转达您的一片心意。"我说完话锋一转,"对了陈总,总裁的办公室是不是在下面六号?"

"是的。"陈总随口一答,说完他马上又问,"你问这个干吗?"

"没有什么,我只是太仰慕总裁了,想关心关心总裁,我先去忙了,您有什么需要我帮忙的吗?"

"哦,不用了,我等会儿就走了。"陈总说完转身走了。

我回到办公室,坐在办公椅上想破脑袋也想不出任何办法进入总裁办公室找到那个红色本子和黑色的 U 盘。不知不觉已经 12 点了,这时沈仕墨应该做完手术了,我拿起电话给她打过去,接电话的是一名护士:"喂,你是?"

"我是这里的病人沈仕墨的朋友,她今天九点做手术,现在怎么样了?"

"哦,手术刚做完,病人身体太虚,情况非常危险,现在还处于昏迷状况。"

"最坏的情况会怎么样?"

"这要看她自身的恢复能力,我们已经尽力了。"护士说完挂了电话。

我沮丧地倒在沙发上,总裁办公室根本进不去,仕墨昏迷不醒,能不能醒过来还是个未知数,我真的不知道怎么办了。这时电话响

30

大功告成

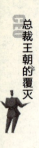

了，是刘阳打过来的，我惊了一下，马上拿起电话："喂！"

"小卓，听张总说你刚才听到总裁办公室有老鼠的声音？"

我不动声色地回答："是啊，我的确听到了。"

"小卓，我以副总裁的身份提醒你，不要靠近总裁的办公室；另外，我以校友的身份提醒你，还是不要靠近总裁的办公室。否则，你会很麻烦！"刘阳说完要挂电话。

我突然想到他和沈仕墨的合影照，想必从他这里能找到一些突破口，于是我马上把他叫住了："刘阳！"

"什么事？"

我冷冷地抛出一句："沈仕墨今天做手术，到现在还昏迷不醒。"

"哦！"他沉默了很久，慢吞吞地对我说，"知道了，她是一位很优秀的业务经理，我会抽时间代表集团去探望她，就这样，我挂了。"

"刘阳！"

"什么事？"

"你跟沈仕墨是什么关系？"

他顿时紧张起来："你、你怎么知道？"

"我看到了你们两人的合影。"

"这样吧，你等会儿出来一趟，我两点在上次的法国餐厅等你。"他说完把电话给挂了。

好不容易挨到了两点，陈总和我打完招呼后就走了，其他业务经理们准备出去吃饭，业务员们已经将乱七八糟的办公室整理得差不多了。我整理了一下衣服领子，使自己看上去随意了一点，拿出镜子对自己轻松地笑了一下，提着包下了楼。顺便在二楼看了一眼，张总不在，其他人也不在，寂静得让人感觉到沉闷和阴森，和楼上楼下的嘈杂形成鲜明对比。

我打了一辆车直奔万象城的五楼，还是那么优雅的音乐，当我走进去的时候，一位侍者过来领着我走进包房。刘阳已经在等我了，他的面前放了一个烟灰缸，里面放了好几根烟头。他看我进来后，冷不防地冒出一句："说吧，要多少钱。"

"刘阳，我是以校友的身份来跟你见面的。"我毫不示弱地看着他，"你上次跟我在这里见面的时候，我记得你曾经说过，我让你想起从前在校园的一些东西。所以，不要用你现在的思维方式来揣摩我的意图。"

刘阳愣了一下，低下头喝了一口茶水，说："那你想怎么样？"

"我只想知道，你为什么一点都不关心沈仕墨，她今天做手术了！"

"你问这些有意义吗？我们都是成年人，当初彼此有好感，在一起好过一段时间，但后来发现彼此不适合，就这样而已。至于她做手术，我会代表公司去看她。"

他说完不敢看我的眼睛，我紧跟着问道："真的是这样吗？可我看到的不是这样！"

他惊讶地抬起头："你看到了什么？"

"沈仕墨是个外表坚强、内心却非常多情自伤的女孩子，我看到她并不喜欢明理，也有很多的机会让她可以随时离开明理，但她死

死地撑了下来,到底是为什么?"

"你是说她留在这里是为了我?拜托我的小师妹,你是言情小说看多了吧?她和我虽然相爱过,但是她把我给甩了,还打了我两耳光,说我没有本事,莫名其妙地要跟我分手。她不喜欢明理,明理也不允许同事之间谈恋爱,包括我们这些总裁。那段时间我也曾经想跟她离开这里,可是她这样对我,让我对爱情彻底死了心。我发誓绝不再对任何一个女人动心,我要把所有的心思都放在事业上,放在明理的发展前途上。"刘阳说完,突然捧着脑袋哭了起来。

我呆了半晌,见他还在哭,一时不知如何是好了,想不到刘阳和沈仕墨之间居然有过如此惊天动地的爱情!"不要哭了刘阳,我没有想到是这样,那为什么沈仕墨那次和张总的助理发生冲突,你站在一边无动于衷,她现在做手术了,你也没有一点反应?"

"她刚来公司的时候,跟你一样,单纯得像一张白纸,有才华,上进心很强,对我产生了很大的吸引力。就这样我跟仕墨两个人相爱了,我们不敢在公司公开约会,只能偷偷摸摸的见面。她不喜欢明理,总让我放弃明理。可明理有我付出的心血,有我 20%的股份,我舍不得放弃。"

"总裁当初请我来的时候,我刚从美国回来没多久,总裁提出要我加入他的团队,不想总给别人打工的我,看到总裁很有诚意,于是就和他、廖总几个人把公司搞了起来。现在公司每年以百分之两百的速度在发展,我不想离开也是正常的,她却要跟我分手,要我从她身边滚蛋!"

刘阳越说越伤心,哭了半天估计是哭累了,停止啜泣后,点燃一支烟慢慢抽了起来,就像一个历尽沧桑的老人在回忆久远的故事:"自从我们分手后,她的性格变得非常怪异,也特别好强,公司里别说是老张的助理,就是总裁,她也是常常不放在眼里的。记得有一次公司开大会,总裁在给大家讲课,讲完后全公司的人都喊口号,给总裁鼓掌。仕墨突然站起来大喊:'东方不败,唯我独尊!'我们全公司的人都以为她疯了。她业绩做得好,总裁也大人不记小人过,没有和她计较。"

我听得目瞪口呆,沈仕墨和我在某些地方是如此相像,难怪我们会一见如故!

他继续说:"至于你说她生病的事,她跟我分手后,身体一直就不好,却总是拒绝别人帮助她。渐渐地,别人都不敢再靠近她了。唯独对你,她好像又恢复了以前的性格,我好几次看她对你特别好。"

"那我问你,那天晚上 11 点,是不是你给我打的电话?"

他愣了一下,突然低着头不说话了,我抓住他的肩膀摇晃起来:"你知道总裁会约我出去,对不对?你知道总裁是什么人,他叫我出去是企图猥亵我,对不对?"

"不要这样,小卓,总裁身边的女人太多了,他是不会把你放在眼里的。我是怕你到时候把自己弄得很惨,所以才帮你。你崇拜总裁,仰慕总裁,我都看出来了,像你这样崇拜总裁仰慕总裁的女孩子实在太多了,公司一抓一大把,她们都像中了魔一样,心甘情愿地被

总裁带出去开房,心甘情愿地为总裁拼命。说实话,我也挺自私的,我有时候愿意看到她们这样,如果没有她们那样拼命的话,明理不会每年以百分之两百的速度发展。"

"你混蛋!"我冲他咆哮了一句,"这些都不说了,有件事我想请你帮忙!"

他抬起头看着我:"什么事?"

"仕墨告诉我,说总裁的办公室有一本红色的日记本和一个黑色U盘,她说这两件东西很重要,让我今天一定要想办法把它们偷出来。我早上刚一上去就被张胖子发现了,你去给我把它们拿出来。"

"难怪,老张给我打电话好像很紧张的样子,他说你鬼鬼祟祟的。总裁的办公室平常我们都很少进的,他有很多公司的机密文件都放在里面,我这样做不太好吧!"

"你是副总裁,你有权知道公司的一切机密,除非他有见不得人的东西,才不想让任何人知道。"

"你不能这样说总裁,他虽然有些好色,但都是这些女孩子自己送上门的,也怪不得总裁。"

"你到底帮还是不帮?"

"好好,我破例一次。"

耶,大功告成!

　　下午四点多钟的时候，我和刘阳两个人一前一后地出了万象城，我回到公司后，发现人已经走得差不多了，张耀辉出来碰见我，点了点头走了。我回到办公室，刘阳说他会直接把需要的东西带出去，下班的时候在外面找个机会给我。我现在要做的是给仕墨的妈妈打电话，问她手术的情况。

　　"喂，沈妈妈您好，我是一君，仕墨她现在情况怎么样，手术后还是昏迷不醒吗？"

　　电话那头没有人说话，传来轻微的啜泣声。

　　我又"喂"了一声，还是没有人回应，我正准备挂掉电话，我妈的声音突然传过来："一君！"

　　"妈，那边情况怎么样？"

173

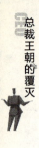

"一君,仕墨她快不行了,你赶紧过来一趟!"

妈说完挂了电话,我脑子"轰"的一下变大了,一屁股瘫倒在沙发上。

电话响了,是刘阳打过来的:"喂,东西我拿到了,你到我办公室来一趟吧,我现在走不开身。"

"哦!"我无力地站起身,脑子里一片空白,昏昏沉沉地扶着墙面走到了二楼。

"小卓,你怎么了?"陈明丽和廖总都在刘阳办公室,看到我失魂落魄的样子,刘阳一把扶住我问。

"仕墨、仕墨她快不行了!"我有气无力地说完,泪水一下子汹涌而出,刘阳脸色此刻变得惨白,他对廖总说,"业务一部的经理沈仕墨今天在医院做手术,说快不行了!"

廖总说:"这样啊,那我们是不是应该去看一下?"

"不用了,你们忙你们的,我代表公司去就行了。"刘阳说完就拉着我准备出去,顺便将手上的包塞在我手上。

"等一下!"陈明丽朝我走过来,把我拦住了。

刘阳挡在我面前,不满地看着她:"明丽,你干什么?小卓她不过是个文案而已,你干吗老是针对她?"

陈明丽说:"是她鬼鬼祟祟的,凭什么说我总针对她,你刚给她的这个包,是我在总裁办公室的时候见过的,你干吗要带走?"

刹那间,我吓得全身开始冒冷汗,感觉一切事情都败露了,我不仅自己要蹲监狱,还害了刘阳,我该怎么办?

"我看你真的是该去吃药了,疑心病都患到我头上了,这个包是我上次和总裁一起去东京的时候买的,我们一人一个。你怀疑什么?怀疑我把公司的机密泄露出去?好好动动你的脑子想一想,公司有我20%的股份。"

看两人快撕破脸了,廖总急忙过来劝架:"好了不要吵了,人都要死了,说什么她也是我们的一个员工,如果我们连这点表面功夫都不做的话,也太不尽人情了,总裁若知道了也肯定会批评我们的。"

刘阳转身对我说:"小卓,我们走,沈仕墨在哪家医院你带我去!"

"好的刘总,那廖总、陈总,我们先走了。"我泪眼朦胧地对他们鞠了一个躬,转身跟着刘阳往外面走去。车子很快在医院停下了,我跟在刘阳身后跑到沈仕墨的病房,看见沈妈妈坐在床头抹眼泪,我妈正在帮护士给她扎针。她的血管太细了,扎了半天都没有扎进去,手背上到处都是针眼。

"仕墨!"

"一君,你回来了?"她虚弱地睁开眼睛,看了我和身边的刘阳一眼,就把眼睛闭上了。

"仕墨,你要的东西我都拿来了,是请他帮的忙,刘阳,你看,我把他带过来了。"我说着把刘阳推到她面前。

"仕墨,是我!"刘阳一把抓住她的手,紧紧握在他的手里。

"你来干什么?"

31

证据被销毁

175

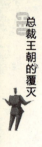

"来看你,听一君说你做手术了,现在好些了吗?"

"好不了了,医生说我快不行了!"她的声音越说越低,眼泪顺着眼角流了下去。

"不会的,你会好起来的!仕墨,你、你还愿意接受我吗?如果我跟你一起离开明理,把什么都抛下,我们两个人去奋斗自己的事业,你愿意吗?"

"太迟了,刘阳,来不及了,我把我的命都搭在了明理,医生说我顶多还能活一个礼拜,我的胃全部坏掉了,我好累!"

刘阳将头靠在她的手上痛哭起来:"都怪我不好,是我对不起你,我要想尽一切办法救你!"

"没有用的,已经是晚期了,其实我早就知道我的病情很严重,但是没有想到严重到这种地步。我不想死,刘阳,我还没有结婚,还没有做一个真正的女人,我只是、只是被那个、被那个……"

我感觉她有很重要的话要说出来,急忙把耳朵凑了过去。她终于还是没有说,泪水顺着发际线滚滚而落。刘阳帮她擦掉眼泪,把我手上的笔记本和U盘递到她面前:"这是你要一君帮你找的东西,我给你带来了。"

沈仕墨伸出那双苍白纤瘦的手,颤抖着接了过去,脸上露出欣喜的笑容:"找到了,太好了,有了它我死都瞑目了。谢谢你,一君,你是个好人,是这个社会上为数不多的好人。只是,我这样一走,你在明理就会被人欺负,你和刘阳一起离开明理好不好?"

"我会好好照顾自己,你也不会有事,一定会好起来的!"我抓住她的手泣不成声。

沈仕墨在七天后去世，那天是大年初四，一个很不吉利的数字。

天空布满阴霾，让人感到压抑和沉闷。她的家人很少，只有母亲和一个还没有成家的弟弟。弟弟和母亲两人把她的骨灰盒带回老家了，房子留给了我和我妈。我每个月帮她还掉2000多元的贷款，就当是租她的房子付给她的租金。

刘阳变得沉默寡言了，在沈仕墨的身体被火化的那天，他像一匹受伤的困兽一样，把自己灌得酩酊大醉，在沈仕墨的骨灰盒上号啕大哭。

那本红色的日记本和黑色的U盘我当天和刘阳打开了，里面什么内容都没有。刘阳当天下午6点钟潜回公司，将两件东西原封不动地放在了总裁办公室。

32/

新年利市

新年初七的早晨,清脆的鸟叫声将我从睡梦中惊醒。我坐起来推开窗户,窗外春光灿烂,而我的心却依然布满阴霾,没有从沈仕墨的去世中摆脱出来。

人有时候真的是一种很奇怪的动物,有些人天天厮守在一起,心与心之间却隔了十万八千里;有的人相识的时间很短,却像认识了几万年一样,彼此很投缘,很默契,相互之间没有任何隔阂,像亲人一样关心对方。

从沈仕墨那天喊出一声"我抗议"起,我就注定了要跟她成为好朋友。虽然我们两个人以前不在一个部门,她不认识我,我也不熟悉她。但我们却能在短短不到一个月的时间内,彼此相濡以沫,情同姐妹。我想,这一切都源自我们有共同的命运,有共同的个性特征。

我会成为沈仕墨第二吗？

我慵懒地仰靠在沙发上，对妈端上来的食物没有半点胃口，随便吃了几口后，我起身朝门外走去："妈，我去上班了。"

妈追出来担忧地看着我："你想吃什么，中午妈给你做，做好了给你送过去。"

"不用了，我中午自己会吃，晚上我下班后早点回来。"

"哎！"妈依靠在门扉上，看着我走出很远。

公司今天派利市，门口排了很长的两排队伍。张总的秘书麦子和几个文员面前放了几个大箱子，她们正将箱子里的红包发放到每个员工手中，大家嘻嘻哈哈笑得很开心，谁也没有关心沈仕墨今天为什么没有来公司上班。

刘阳没有来公司，廖总和陈明丽两人穿得像央视春节联欢晚会的主持人，一派喜气洋洋地站在门口，跟领到利市的员工互相说着祝贺之类的话。我冷漠地随着队伍往前走，心里想着沈仕墨的死和那个日记本以及 U 盘，那里面一定有什么秘密。我觉得我现在在公司有了一种新的使命，我一定要调查清楚此事，否则沈仕墨九泉之下一定死不瞑目。

"一君，你怎么了？"站在我旁边一排的袁小丽看到我，轻轻拉了一下我的胳膊。

我不解地反问她："没有什么啊，怎么了？"

"你怎么瘦得那么厉害，是参加节食减肥了吗？"

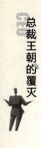

"哦,是是,我节食了。"我不想再搭理她,低着头看我的脚尖。

"新年快乐!"将红包递到我手上的文员高兴地对我说。

"谢谢,新年快乐!"我接过红包,转身低头就走。

"小卓,新年快乐!"廖总看到我,跟我击了一下掌。

"谢谢,新年快乐!"我机械地回答,看也没看站在旁边的陈明丽,就径直上了三楼业务部。

业务部此刻正在播放司歌,听起来激情澎湃:

我们怀着同一个梦想

在明理播下我们的希望

我们怀着共同的理想

在明理建设我们的家

我们怀着同样的信念

把客户当上帝一样景仰

这里有我的亲人

公司就是我的家

这里有我的师长

总裁就是我的范

我把爱播撒在明理的土壤

这土壤里结出幸福和希望

……

听着听着，我的思绪不知道飞到了什么地方。袁小丽到我办公室来了，她看着我入神的样子，叹息一声："我知道，你在为沈仕墨的死难过！"

我惊了一下："你怎么知道她不在了？"

"我听廖总刚才和陈总聊天说的，真可怜，她早就身体不好，但公司一直没有给她放假，"她说完将脸靠近我，低声说，"他们是杀害她的凶手！"

我警觉地跳了起来："谁？"

"公司那些人呗！"

"也包括刘阳吗？"

"当然。一君，你说我们什么时候有钱啊？我特别郁闷，每天拿点死工资，还要看人脸色，真没有意思！"她嘟着嘴，抓着我胳膊摇晃撒娇。

我一把推开她的手，说："我现在没有心思想这个问题，你说公司是不是应该对沈仕墨的死有所表示？"

"就是啊，我也在想这个问题。怎么说她都是公司的在职员工，又是业绩最好的，就这样说走就走了，公司应该给点补偿什么的。对了，我刚才听你们业务部的陈总说要给她举行哀悼会。"

"真的？"我难以置信地一把抓住袁小丽的胳膊，"你不会只是道听途说吧？"

"是真的，沈仕墨是陈总的左右手，沈仕墨死了，他以后估计就

32

新年利市

抖不起来了,业务部没有了业绩,他也干不长了。"

"别这样说,我觉得陈总这个人挺好的,集团可能会派另外的人来帮他打理业务部吧!"

"谁知道,反正陈总好像还挺难过的,对了,你说总裁知不知道这事呢?"

"我也不知道,他知道了会怎么样?"这个问题我的确很想知道,总裁如果知道沈仕墨死了,他会怎么样?

"做秀呗!还不是那一套,公司这两年发展得这么快,有沈仕墨很大功劳,如果他不表示一下,怎么都有点说不过去。我先下去了,对了一君,你说公司真的是我们的家,这里真的有我们的爱吗?"

"别傻了你,哪有母亲会看到自己女儿死了无动于衷的?哪有父母想方设法钻劳动法的空子侵占子女权益的?你信吗?"我说完笑了起来,笑得泪雨滂沱。

"好了一君,别难过了,人死不能复生,我们都好自为之吧!有什么办法,谁让我们天生没有那么好命,谁让我们自己没有本事当老板。"袁小丽安抚我一番后下去了。

"小卓,到我办公室里来一下。"陈总在外面叫我。

"哦,好的。"我连忙擦干眼泪后走进陈总办公室。

陈总坐下后,摸了摸前面的脑门,看上去好像很苦恼:"唉,想不到小沈,怎么说呢,年纪轻轻,居然发生这种事!"

"陈总,小沈托我以后多帮您的忙,她一直都放不下业务部,放不下您这位上级。"我也越来越会做秀了,我此时需要陈总和我站在一条战线上,虽然他的位置眼下并不是很牢固。人有时候选择做一个好人并不难,尤其是对于陈总这样没有什么坏心的人,做好人对我没有坏处。

"唉,我知道,小沈是我从事这么多年工作以来遇到的最优秀、最尽心的一个员工。以前我每次看她胃不好,还总劝她去医院检查,想不到居然!这样吧小卓,你先做做文案,有时间我安排你去跑跑业务,如果有合适的机会,就来坐小沈的位置,你看怎么样?"

"好啊陈总,我求之不得呢,只是我没有什么经验,恐怕一时三刻还顶替不了小沈。要不这样吧,您从部门选一个最合适的人选暂时顶替小沈,等时机成熟了我再上。我现阶段一定会配合好业务部,一定不会让它垮掉。"

"垮倒是不会垮,就是我们业务一部今年要完成 1.5 亿的营业额,占公司 30% 的任务量。小沈走了,恐怕是完不成了,总裁如果看到这样,可能会对我的能力有所怀疑,我也一时找不到特别合适的人选,不知道如何是好呢!"

"那好吧,您尽量选一个最佳经理出来,我来当副经理,我敢保证总裁一定不能对您怎么样。"

"不用了,业务一部的经理暂时由我来兼任。"刘阳不知道什么时候进来了,门也没有敲地站在门口。他脸色阴沉,整个人看上去委靡不振,但说话的口气却非常坚定。

32
新年利市

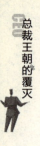

33
追悼风波

"刘总,您肯出个头,我真是感激不尽!"陈总说完站起来,一把握住刘阳的手。

刘阳将手抽出来,说:"按道理,我身为副总裁是没有道理来兼做业务经理的,但怎么说业务一部是在我手上建立发展起来的。我现在来带它,是轻车熟路,所以你也不用再担心总裁会革你的职了。小卓以后可以配合我,等你有了经验,我再把它交给你。"

"好的。"我连连点头。

"对了老陈,你们等会儿准备一下,总裁今天下午到,估计现在已经在飞机上了。"刘阳说完出去了。

我跟在他身后走出来,问他:"你真的打算兼职业务一部的经理吗?"

"是啊,这样业务一部才不会垮掉,你以后有什么重要的事情可以直接向我汇报。"

"那个日记——",我刚说出两个字,刘阳就一把将我的嘴捂住了,"不要再提那两件东西,否则,我帮不了你!"

这时廖总朝这边过来了,今天业务部还真是热闹,让几位很少上来的总裁一个一个光临。"刘总,我保证,我一定会辅助好陈总,不会让您失望的!"我急中生智,对刘阳喊道。

廖总没有理会我,对刘阳说:"刘总也在这里,我刚还到处找你呢!总裁刚来电话了,说他会提前两个小时回来处理沈仕墨的事情,我跟他说你暂时兼任业务一部。对了,老陈也在,正好我们商量一下,这次的哀悼会就由我来主持。"

"可以,你来主持吧,我下午还有点事,就不参加了。你先让他们准备一下,等总裁回来的时候,大家一起搞。"刘阳说完就下楼梯出去了。

"老陈,我们商量一下。"廖总说完跟陈总走进办公室。

我独自回到我的办公室,坐在椅子上发呆。总裁回来了,他会如何面对这样的局面?如何面对沈仕墨的死?沈仕墨的死跟他有关吗?我又想到了日记本和 U 盘,那里面到底有什么内容?为什么沈仕墨一定要我冒着生命危险去把它们偷出来?偷出来后却发现那上面什么都没有。

还有,总裁回来后会如何对我?上次在帝王大厦停车场发生的一幕,随着总裁即将归来变得越来越清晰。无论如何,我现在都不

33
追悼风波

能离开明理,我一定要想办法在这里停留一段时间,将沈仕墨所关心的内容调查得一清二楚,以告慰她在天之灵!

到了中午下班时间,我走出办公室,发现公司每个人的胸前都佩戴了一朵白色的小花,这素洁的花使得新年的气氛锐减,整个环境立即显得肃穆起来。有同事依然在嬉闹,他们并没有因为同类的死而感到悲哀。这样的人,或许一辈子都是这样庸庸碌碌吧。沈仕墨是那么的弱小,在这个社会是那样的微不足道,但她却让我从这黑暗的人性中,看到了真正的希望。

我下楼梯后,一名文员将一枚素花佩戴在我胸前,放眼望去,除了刘阳,每个人的胸前都戴着这样的素花,连陈明丽也不例外。刘阳看了我一眼,转身和廖总打了一声招呼就出去了。

"总裁已经到机场了。"廖总对陈明丽说,"等会儿媒体就会过来,大家先吃饭,吃完饭后你安排大家集体到五楼的会议室。"

"横幅是红色还是白色?"陈明丽问。

"白底黑字,我已经安排人把字写好了,等会儿老陈会让人挂上去。"廖总说。

陈明丽将头转向我这边,她似乎对上次沈仕墨羞辱她的那件事并没有释怀。我冷漠地扫了她一眼,便将目光投向别处。这个没有脑子的女人见我不愿搭理她,傲慢地一甩她那头波浪,头也不回地"噔噔噔"上楼去了。

"一君,你下来啦!"袁小丽朝我走过来,关切地看着我,"我知道你跟沈仕墨关系好,但廖总他们都在准备给她开追悼会了,你就不要太难过了。"

"我知道，谢谢你。"我勉强笑了笑。

这时候门口突然停了好几辆车子，几个新闻媒体的人走过来，张总带着他们上了楼。几个人有说有笑，好像根本不是来参加追悼会，而是参加一件令人高兴的喜事。

今天是第一天上班，还在过年，食堂多加了两个菜。我和袁小丽随便吃了几口，吃完后，陈明丽上来了，用她的东北话喊道："大家吃完的就赶紧去五楼会议室，没有吃完的赶紧吃，总裁马上就到了，大家鼓足精神，不要让总裁看到一副松散的样子。"

于是我和袁小丽两人来到五楼，发现杨组长和陈总正在安排人挂横幅。几个员工将凳子、投影仪摆弄好就下去了。我俩刚坐下来，陈总看到我，把我叫过去："小卓啊，你待会儿要上来代表我们业务一部发言，你先准备一下。"

"哦，好的。"要我上去发言，我该说什么呢？以我和沈仕墨的关系，根本不需要上台去表达我的哀思。

"这是稿子，你等会儿照着念就好了。"陈总说完塞给我两张纸，我看都不用看就知道上面写了些什么，顺手把它塞在了口袋。

"大家快点，总裁已经到楼下了！"陈明丽突然冲了上来，她身后的职员大军也鱼贯而入，很快就把偌大的会议室挤得水泄不通。

还没有等我回过神来，总裁已经大步流星地走到门口了。他气色红润，刚修剪过的头发看上去有几分艺术家的气质，皮鞋擦得光可鉴人。进门后，一大群记者马上围了过去，镁光灯的光环在他头

上闪烁,使他看起来就像通体放光的神。

我的心突然"怦怦"跳得很厉害,生怕他看到我,身体不住往墙角里缩。想不到还是被他无情地揪了出来,他足足盯了我三秒钟后,转身对台下的人鞠了一个躬。

"总裁,欢迎您回来,我们需要您!"台下的人热血沸腾地喊着。

陈明丽笑了笑,说:"总裁在东京的时候每天惦记着大家,生怕你们过年的时候买不到车票回家,还特意让我提前帮大家联系订票。现在我们公司有一位员工出事了,总裁急得心急火燎的,昨天还发着高烧,今天就提前买了机票赶回来亲自为这位同事主持哀悼会。大家说,总裁这种忘我的精神是不是值得我们学习,总裁是不是我们的榜样?"

"是!"台下的人喊道。

"首先,我要跟我的员工说声对不起,总裁实在太忙了,为了去日本学习深造,总裁牺牲了和大家团聚的时间,牺牲了和家人共度的时光。实际上我已经连续五年没有和我的家人一起过年了。平常总是抽不出时间去学习,只有在大家都放假的时候,我才能暂时离开大家。去外面学习新的知识和理念,带回来跟大家一同分享。再用这种新的知识和理念为社会创造更大的价值。"

"我没有想到,我在去学习的这些天里,我的一位员工,她却因为胃癌离开了我们。在此,我谨代表我们明理集团,向她表示沉痛的哀悼!"总裁说完对沈仕墨的照片鞠了一个躬,"这位员工和大家一样,工作很敬业,很勤奋,是我们明理集团很重要的一员。实际上,这里的每一位都很重要,你们对总裁来说,就像左手和右手一样的重要,无论失去你们谁,都是明理集团的损失。所以,我珍惜你们每一个人,爱你们每一个人,你们也一样爱总裁吗?"

"总裁,我们爱您!"员工全部站起来,高喊着口号,挥舞着拳头,激情澎湃的画面犹如一片红色汹涌的海洋。

"其实,我就是个普通人,当初跟你们一样,大学毕业后来深圳打工,身无分文,后来一次机会使我从此改变了我的人生。我想我已经多次跟你们讲过我的创业史,我曾经睡过一个月的公园,就在荔枝公园里,一个月没有洗澡,每天吃两个馒头和一包榨菜,也做保安被人砍过。但是,是什么让我有了今天? 是因为我始终坚持一句话——只要心中有爱,有把这份爱传播给每一个人的信念,即使吃馒头喝稀饭,也活得有价值。伟大的毛主席有一句话让我终身难忘,他老人家说:要做一个纯粹的人,要做一个脱离低级趣味的人,毛主席为了解放全人类,不惜牺牲了他最亲的儿子。"

"我没有儿子,没有小孩,我只想把我全部的爱注入到明理,让明理得到很好的发展。这样,就能为社会创造就业率,为咱们国家创造财政税收,为我们的客户提供最有价值的服务。大家说,愿不愿意跟总裁一起进行这一项伟大的事业,一起把明理做大做强?"

"愿意!"台下越来越沸腾了,场面不像是在开追悼会,倒是像在开公司全体激励大会。

"我坚信,任何一个人在进行一项伟大的事业时,必定会面临很多的困难。大家都知道曹雪芹,他在写《红楼梦》的时候,饿得没有

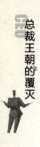

办法,用茅草根充饥;西方有很多名人,在创造他们的伟大著作时饿死了。我们还知道近代史上著名的长征,还有朝鲜战场上英勇的解放军和西方国家的军队对峙时,靠一把雪和一把炒面来打胜仗。我们现在环境很好,如果大家还不懂得珍惜,不懂得发挥自己的潜力去创造最大的价值,明天,不是明理淘汰你,而是社会淘汰你!"

"好了,我的话讲得差不多了,我希望大家少一些抱怨,少一些牢骚,如果大家实在有什么不满,尽管来找总裁,总裁一定会帮你们打气。如果你们想发脾气,冲总裁发也可以,好吗? 下面,我们就请其他工作人员上来为这位员工述哀悼词,请大家共同致哀!"

总裁说完下去了,轮到我上台了。我从口袋里取出那两张纸,冷漠地走上讲台。镁光灯齐刷刷地对准了我,"咔咔"的声音瞬间淹没了会场。

我没有疯

　　"我是业务部办公室助理卓一君，以前是市场部 12 号。我来公司半年时间了，在各位领导的栽培下和其他同事的照顾下，我进步得很快。我很感谢明理，是它给了我这样一份伟大的工作，我很感谢我的领导，是他们给我了学习进步的机会，我很感谢我的同事，是他们帮助我成长。我还有很大的成长空间，希望在新的一年里，和大家共励。"

　　说到这里，我的眼睛不再看演讲稿："我到业务部的时间不长，和沈仕墨交往的时间也不过才 20 多天。她在两天前去世了，死于胃癌晚期。其实，在来公司的半年时间里，我很早就对沈仕墨的名字有所耳闻，一直对她非常的欣赏。她是那么的年轻，仅仅比我大两岁而已，却能够承担起集团 30% 的业务量。换句话说，是她，创造

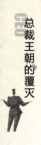

了明理集团 30%的业绩,养活了明理集团 30%的人。"

下面的人开始窃窃私语起来,总裁和廖总互相对视了一眼,没有说话。陈总慌忙跑过来,小声对我说:"小卓,你干吗不看稿子,你说什么呢?"

"陈总,让我说完!"我挣脱他的手,继续说道,"明理集团有1000 多名员工,其中有 800 多人是男士。试问,在座的各位,你们觉得像沈仕墨这样的人,是不是理应得到我的欣赏和尊重?"

台下的人变得沉默,没有一个人开口说话。

"然而,我却多次在食堂看到她在和着腐乳喝米汤,看到她瘦小的身体包裹在那套黑色的套装里,拉着一只大皮箱全国各地的奔波。是什么导致她的胃在年纪轻轻就坏掉? 我前几天去医院看她的时候,她刚做完手术,她的胃被切掉了一半,最终因为身体太虚了,导致她离开了这个世界。她只是个 26 岁的女孩子,还没有谈恋爱,没有结婚!"说着说着,我哭得泣不成声。

"打断一下,让我说两句!"台下有人站了起来,我循声望去,是张耀辉,"我觉得卓助理有些地方不妥当,所以我有义务站出来帮你更正一下:一、沈经理的确很优秀,但不表示明理集团 30%的人是靠她养活。包括总裁在内,我们每个人都很勤奋,并没有谁比她做得少。二、她的身体不好是她个人的事,她可以请假或者辞职,公司并没有强迫她和其他同事一起工作。另外,她的死并非工伤事故,大家今天在这里悼念她,是出于人道主义。总裁不远千里地从东京赶回来,所有公司的领导都来参加追悼会,完全符合人道主义精神。

所以，我觉得你完全没有必要这样做。好了，我的话讲到这里。"

"是啊，我们每个人都很努力，都是靠自己的努力工作吃饭，不是靠谁养活，请不要抹杀我们的成就！"台下另一个人喊道。

"请卓助理下去，不要妨碍我们为沈经理的不幸去世致哀！"张耀辉说。

"下去，下去！"一下子好几十个人同时喊了起来。

我的脑子一片空白，我还没有在台上对付这么多人的经验，一时不知道如何是好。这时候我看到张耀辉得意洋洋地朝我看了一眼，和旁边几个人交头接耳。台下的人开始用幸灾乐祸的眼光看着我，每个人都想看我如何下台，如何受到集团的处置。

这时我的脑子开始出现一片幻觉，我仿佛看到我正被一群人撕咬，他们撕扯我的衣服，让我变得一丝不挂，然后又开始撕扯我的头发，将我抬起来准备扔进翻滚的开水中。

"不要！"我突然尖叫一声，用手捂住耳朵退到角落里嘶喊起来，"不要，不要抓我！"

台上台下顿时混乱成一团，"她疯了，快送她去医院！""快，快按住她的手，送她去医院！"十多个保安朝我冲过来，将我按在地上。我死劲地踢打起来，用嘴去咬他们的手，用指甲抓他们的脸，几个保安拿出绳子，准备用绳子捆住我的手脚。

"不，我没有疯，我没有疯，放开我啊！"我绝望地嘶喊着，这时候我看到总裁正用怜悯的眼光看着我，我停止嘶喊，冷冷地看着他，眼中充满仇恨。

34
我没有疯

"好了,我来照顾她!"总裁亲自走过来,拨开保安,把我抱在他的怀里,"不要怕小卓,你一定是看到小沈的死受到了惊吓,没有人能把你怎么样,让总裁保护你,不要怕,我送你去医院!"他说完抱着我走出人群,在众目睽睽之下上了车。

我无力地躺在后座上,望着灰暗的天空,脑子里还在回忆着刚才的一幕。车子到医院门口了,我对他说:"我没有病,请你把我放下车。"

总裁回头看看我,说:"小卓,你太任性了,你知不知道总裁有多么不想看到你这样,你这样实在是让我太失望了!"

我恼怒地看着他:"总裁,我一向敬重你,景仰你,把你当一位值得尊敬的领导,可是没有想到你却乘人之危!"

"对不起,一君,请原谅我的冲动,我不该在你面前那样。可我是真的想安慰你,我不想让我的任何一个员工在我这里干得不开心。那天我多喝了一点酒,在你面前失态了,希望你能再给我一次机会,让我在你面前重新树立起总裁的形象,你愿意接受我的致歉吗?"

我的心在那一刻有些软了下来,但很快我就想到了王佩,想到了沈仕墨的死。我的直觉告诉我,沈仕墨的死一定跟他有关。于是我挺直身体,对他怒吼道:"好,我可以原谅你,但是,沈仕墨的死一定跟你有关系,你告诉我,你对她做了什么?"

他愣了一下,回过神来对我说:"小卓,小沈的死我真的很难过,正如你所说,公司30%的业绩是她创造的,我怎么会忍心看着她去死？假如她做手术那段时间我在深圳的话，我一定会不顾一切地救她。我承认她很辛苦，经常要到外面跑，有时候还要饿着肚子，可我并没有不给她放假呀！我常常跟我的部下讲，要人性化管理，要民主，不要侵害员工的权益，可是我真没有想到她会得这种病！"

我又说："那个红色日记本和黑色的 U 盘里面到底隐藏着什么？仕墨死的时候为什么要我去你办公室找到这两件东西，里面有什么重要的内容？它们跟沈仕墨的死有什么关系？"

总裁听到这里脸色变了一下，过了半晌，他抬起头慢悠悠地对我说："小卓，你连这个都知道，那我不瞒你了。那个红色的日记本和黑色的 U 盘，是我在小沈原来的宿舍门口捡到的，那里面是她的日记和她跟另外一个人的照片。那个人是我们公司的一位高层，我的一位部下。你知道，公司是不允许员工之间谈恋爱的。当我捡到这两样东西的时候，很震惊，把我的部下训了一顿，然后就要他们离开。可他不愿意离开公司，我就让小沈离开，小沈也不愿意离开，在我面前保证会和我的部下分手。于是，我就相信了他们。可是没有想到他们却背着我偷偷来往，这时候我很生气，但装作不知道。他们两个都很优秀，实际上我一个都不想失去，只能睁只眼闭只眼地让他们来往。小沈后来来找我要她的日记本和 U 盘，我对她欺骗了我很生气，故一直没有还给她。"

我脱口而出："那你为什么把上面的内容全部删除掉了？"

总裁惊讶地看了我半晌，说："那两件东西，后来被我的另一个部下，也就是陈副总裁看到了。她以前也跟公司的一位高层发生过

34

我没有疯

195

恋情,于是她就跟我吵,说我对她不公平。我一生气就当着她的面把上面的内容全部删除了,日记本的内容用打火机给烧了。"

"那,王佩是怎么回事?你是不是有所有女员工房间的钥匙?"

"这个你听谁说的?完全是子乌虚有,如果让我查出来是谁说的,我一定不会饶他。"

"那好,陈总是不是靠卖身给公司拉到第一笔订单,公司才得以翻身?"

他听到这里,一把抓住我的肩膀,恶狠狠地对我说:"你已经说了很多不该说的话了!不要忘记你的身份,你今天的行为已经给公司造成了极坏的影响。你是我公司的员工,就算你不是我公司的员工,你也是个成年人,你要对自己所说的每一句话负责。我警告你,如果你再说第二遍这样的话,只要让我听到,我是绝对不会饶你的。"

他说罢放开我,点燃一支烟猛吸了一口,完全不理会我的恐惧,继续说:"在深圳,死个把人是件很平常的事,你最好给我小心点。我宋樵山能有今天的成就,绝对不是靠任何女人,下去,给我滚远一点!"说完推开车门,一把将我推了出来,车子扬长而去。

35
换工作

　　我被宋樵山推下车后，一个人默默地回到家里，脑子里一直像放电影一样，将这段时间所发生的一切过滤了 N 遍。他们到底谁说的才是真的？而我应该相信谁的话？我不知道自己该何去何从了，也忘记了自己刚来公司时的诺言——赚钱买房子给我妈住！

　　我现在整天为了沈仕墨的事情烦恼，自从她出事以后，她的死一直在我心里纠结。我像掉进了一个巨大的网里，永远都走不出那个纠结。晚上我做了很多梦，我梦见宋樵山将我堵在车内，用他那双肥大的手按住我，对我一脸的淫笑，无论我怎样挣扎，都无法挣脱他的摆布。

　　"你是总裁唯一一个没有到手的女人，你这个倔犟的小傻瓜，你知不知道有多少女员工等着总裁临幸她们？你上次居然不识好歹，

从总裁手上逃脱,真是吊我的胃口。"

我震惊了,这番话赤裸裸地从他嘴里出来,简直让我难以置信。这就是那个口口声声说要给社会创造最大价值、口口声声说爱每一个员工的企业领导者吗？这就是那个满口仁义道德的大人物吗？这就是那个让多少打工者羡慕和景仰的传奇性创业者吗？这简直就是个衣冠禽兽,一个地道的流氓,一个擅长巫术的魔教头！

我目瞪口呆地看着他,气得不知道该说什么好,他得意洋洋地笑了笑:"我的小羔羊,你真是太任性了,你是第一个,也是唯一一个从总裁手上逃走的女孩子,好好听总裁的话,不要乱说话,否则,我会叫人割了你的舌头！"

"不、不要！"我使劲挣扎着,就在他拿了一把雪亮的刀朝我割下来的时候,我醒了,发现自己吓出了一身的冷汗。

妈看我惊魂不定,连忙起身用热毛巾帮我擦了擦汗,关切地问:"一君,你怎么了？"

"妈,我做噩梦了,我觉得我不能再这样下去了,我想明天出去找份工作,我要从小沈的事情中解脱出来。"

妈一把将我抱在怀里,安慰着我,我在她温暖的怀抱中渐渐睡去。

第二天,我早早地起床,吃了一碗妈煮的红枣汤圆,打算一大早去人才市场碰碰运气。"一君,多吃点,今天是元宵节,妈特意去买了菜,中午给你做好吃的！"

她说完拎起手中的鲜鱼在我面前晃了晃,经她这样一说,我才想起今天是元宵节。我离开明理已经七天了，我把手机号码换了，这七天没有任何人找我。没有人强迫我，总裁应该也没有通知行政部的人开除我，是我自己不去的，我不想再看到明理集团任何人的面孔。

我来到人才大市场，尽管今天是节假日，找工作的人依然络绎不绝，参加招聘的公司也不少。我在一家招聘美容器材推广的公司面前坐了下来，这家公司写的招聘广告很诱人，公司总部在美国，深圳这边是子公司，坐落在国贸的一栋写字楼里。成为这家公司的员工还真是容易，我把简历递上去后，负责招聘的人员就让我直接去他们公司面试。他们开出试用期的底薪3100元，三个月试用期满后提到3500元，工作按业绩提成，每策划一个促销方案，提成最低不少于百分之五。

我满怀信心地来到国贸，这家公司是刚刚起步的一家小型公司，办公环境不错，虽然不大，但很舒服，我决定先在这家小公司做做试试。在和招聘人员简短地进行了一番谈话后，他就让我下周一过来上班。

两天后，我来到这家公司，行政人员帮我办理了入职手续。过了一会儿，行政人员说让我们去会议室开会。我和其他员工一起走进会议室，坐下后，我将人员全部数了一遍，一共11个。人很少，整个气氛让人感觉很简单，很单纯，没有像明理集团那样复杂的人际关系，也没有那么多森严的公司制度。至少，我不需要背诵公司基本法。

公司的老板是一个北京男子，曾经在美国留过学，英文名叫Kinsen，中文名叫王鹏。王鹏简单地做了一番自我介绍，很轻松，很随意，没有任何架子。一个长得不错的女孩子听他介绍完毕后，指了指他的衣服袖子，说他没有扣扣子。这时其他人全部笑了起来，弄得他很尴尬。

这里的公司结构很简单，王鹏是最高的行政机构，他下面是一个副总经理，叫张林，是湖南人，和王鹏是很好的朋友。我是负责市场部的，一个女孩子是我的助手。其余人除了一个兼任出纳的前台和一个行政，全部都是业务部的销售人员。

上班第一天，我将所有的资料看了一遍，总觉得缺少点什么。我绞尽脑汁地想了很久也没有想出来公司到底缺什么，我的助理提醒我说："缺制度，这里的人实在太松散了，你看，女孩子个个穿着拖鞋和短裤，而男孩子有些都留长发，还染了各种各样的颜色。我们不是开发廊的，不能让客户感觉我们太随意了！"

我连连点头："你说得没错，就是缺制度，改天我们得跟王总提提意见！"虽然我对明理集团那些形同军规的制度和义和团式的宗教管理感到不满，但对一个公司来说，完全没有一点规矩也是不行的。任何一个公司都有自己的底线，否则就不能成一个集体和团队。

我打定主意，这周必须熟悉公司产品和业务模式，尽快帮业务部那边做出一个前期的市场发展方案。此外，我还要做一个公司规章制度建设的方案，下周一的时候在会议上提出来。

周五的下午，王鹏走到我工作台旁，对我说："卓主管，你来一下。"我跟着他走进办公室,在他面前坐了下来。"你的市场策划方案做得怎么样了?""我已经做好了,正在让助理装订,等会儿拿过来给你过目一下。""好的,那我们先聊一下吧,你觉得我们应该从哪里打开市场?你知道我们这个项目是代理美国一家研发机构的,我们有在中国大陆销售的资格,但这种美容仪器其实大陆市场上挺多的。相比之下,我们的价格要比市面上普遍要贵很多,你觉得我们前期应该走哪方面的渠道合适?"

"我觉得应该从几个方面来分析,首先就是我们的产品和其他的产品相比,我们的优势在哪里?劣势在哪里?从优势来说的话,我们的产品普遍比大陆市场上的一些同类产品性能要优越,使用起来更加方便;从劣势上来说,我们的价格要普遍比同类产品贵130%,这是个不小的差距。我个人觉得,我们不适合走大众渠道,如果在商超销售,我们需要投入大量的广告宣传费用在电视台做广告,在地铁口贴海报或灯箱广告,还有大量的彩页宣传。这是一笔不小的费用,不是我们这样刚刚起步的公司所能够承受的,除非美国那边愿意在这方面支援我们。所以,我觉得目前我们只适合针对高档的美容院和医院整形美容科,跟他们合作项目。"

"这个提议很好,麻烦你再说得具体一点。"王鹏饶有兴致地看着我,开始记笔记。

"我们先跟美容院进行合作,美容院要比一些整形美容医院容易进。合作有两种方式,一、我们提供仪器和一名美容督导,所得的利润我们跟他们按比例分成,美容督导的吃、住、路费都由他们负

35
换工作

201

责;二、我们直接将仪器卖给他们,派一名美容督导上门去给他们培训一段时期,直到他们会使用这种仪器为止。"

"好,就这样做!"王鹏打了一个响指,高兴地站起来在屋里走来走去,"卓主管,如果公司能赚钱,我除了给你5%的提成,另外再给你2%的股份。"

"一言为定!"我起身跟他握了一下手,准备出去。

"稍等一下,你今天晚上有没有时间?"

"有什么事吗?"我回过头看着他,我有种预感,他想约我晚饭。

果不其然,他停顿了一下,有些腼腆地对我说:"卓主管,其实你从来公司第一天起,我就挺欣赏你的。公司刚刚起步,我也没有什么经验,我真的是不知道该如何去开始。现在有了你这样的得力助手,我放心了许多。所以,我想今天晚上请你吃顿饭,不知你是否愿意赏脸?"

"谢谢,吃饭就不用了,我妈在家做好饭等着我,改天吧!我先出去了,等下让我的助理把方案给你送过来。"我说完推开门出去了。

两个月后,公司制度逐渐走上了正轨,虽然还面临着许多的问题,但总算弄出了一点头绪,一切都在按我设定好的原计划进行。晚上下班的时候,副总经理张林把我叫到他办公室,王鹏也在,他们两人好像在商量什么重要的事情,气氛显得有些凝重。见我进来后,王鹏站了起来,把门给关上了,对我说:"一君,今天把你叫来,是有件很重要的事情想跟你商量,你先坐下,喝点水,我们慢慢说。"

我坐下来后，王鹏亲自给我倒了一杯水，说："一君，你对你现在的职位和收入满意吗？"

"还可以呀，我每个月能领到上万块的薪水，目前比较满意，怎么，你想给我加薪升职吗？"

我的确很满意，在这里，我没有压抑，没有恐惧，想说什么就说什么，想干什么就干什么。王鹏和张林两个人都没有什么经商的头脑，他们很听我的。我就像个天才的设计师一样，在一张白纸上随意挥洒，涂上色彩斑斓的颜色。

这公司有我的心血，有我的付出，可以说，公司的各种规章制度和市场发展方案全部都是我一手创造出来的。公司现在有员工18名，他们每天准时上下班，在公司辛勤的工作，播撒下辛勤的汗水，也获得了不错的收入。他们工作得很开心，没有人强迫他们，也没有人压制他们。我们是一个简单而又快乐地团队，没有那么多的口号，也没有那么多的虚伪和欺诈。他们和我一样，在这里任意地挥洒他们的天性和才能，从而获得成就感和满足感。

王鹏说："是这样的一君，我们公司从成立到现在半年多了，但实际上有收入是从你来的第二个月开始的。虽然钱并不是很多，但只要让大家在这里干得开心，我其实就很满足了。但是，公司要发展，要让更多的人进来发展，就必须搭建一个更大的平台。我和张总决定，由你担任副总经理，主管市场部和业务部的一切工作。"

我有点不敢相信自己的耳朵，这不会是真的吧？我，卓一君，一个工作不满一年的黄毛丫头，仅凭着在商学院学到的理论和一些与

生俱来的经商意识,这么快就做到副总经理了?

　　看着王鹏那张经不起事的脸,和张林那副不知所谓的表情,我的心情马上又黯然了下去。张林是小学毕业,我是前几天才知道的。这两人都是那样的不经事,我这个市场主管和他们比,的确要高明很多。所以,在这里当个副总对我来说没有什么大不了的。

　　张林说:"公司是从上个月有收入的,到现在两个月一共赚了60多万,减去各项开支,实际上赚的钱很少。所以我们决定扩大业务范围,由你来全权指挥。王总的意思是让你这段时间好好整理一下头绪,想想我们该怎么做才能把业务做得更大一点。"

　　"这个我回去好好想想,一周内给你们答复。"我说完走出办公室。

当天晚上我回到家里，和妈吃完饭后在阳台上看电视，妈突然对我说："一君啊，你认识不认识一个叫刘阳的人啊？"

我惊了一下，回答说："认识，他是我以前那家公司的副总裁，是小沈的朋友。"

"哦，他今天下午的时候找到这里来了，小沈可能没有把这屋的地址给他，他说他找你找了很久呢！我告诉他你在国贸上班，他还想去找你，又怕找不到你人，说明天再过来。"

我一听马上恐慌起来："不要了妈，不要让他找到我，我不想见到他。明天休息，我想出去转转，如果他再来找我您就说我调到外地工作去了。"

"这样啊，那我跟他说让他不要来找你了。"

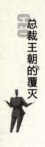

"他还说什么了吗？"我好奇地问。

"没有,他只说有很急的事要找你,有很重要的话要跟你说。"

"哦,我跟他没有什么好说的了,我现在有了新的工作,工作也挺好的,我今天都升副总了呢! "

妈高兴地坐到我面前:"真的呀! 你怎么不早说? 下班的时候你告诉我,我就多买两个菜,庆祝庆祝! "

王鹏那张不经事的脸和张林的小学毕业瞬间在我心里一闪而过,我说:"是这样的妈,公司的老板说,等我把公司业务量做大了,还会升我做总经理,他做董事长呢。所以,我没有告诉你,是想等我做总经理了再告诉你,好好地让你高兴高兴! "

"我的女儿可有能耐了,你以前那家公司的老板要知道你这么能干,一定后悔死了,当初不该把你给辞退。我想啊,这个叫刘阳的一定是想重新把你请回去,你还是不要回去了,现在这个公司干得好好的,老板又器重你,你就安心在这里干吧! "

"我知道了妈,我是不会回去的。"我说完进屋去了。

王鹏和张林说让我好好想想如何扩大公司业务量,我想了半天也没有想出个头绪。说实话,我到现在并不知道他们到底代理了美国哪家公司的产品,我一直没有见到那份代理授权书。有时忙完了我常常会静下心来想,为什么王鹏那样留过学的人和张林那样小学毕业的人走得那么近? 还有就是,既然是代理美国的一家科研机构的产品,为什么美国那边没有人过来指导和支持? 至少广告费用美国那边应该给予一些支持吧,毕竟这是他们的品牌啊!

公司是从上个月开始有钱进账,虽然不多,但两个月进了60多万,对一家刚刚起步的公司来说,也算不错了。第一年基本持平,第二年开始盈利,对刚开始创业的人来说,完全符合正常市场规律。为什么他们这么迫不及待地想马上扩大业务呢? 要知道,公司刚刚起步,很多东西并不稳定,现在根本不适合扩张市场,真不知道他们是怎么想的!

想来想去,不知不觉到了下半夜。

第二天想到刘阳可能会来找我,我打算躲着他,所以我不到六点就起床了。刚走到楼下,就看到刘阳的车停在院子里,他居然比我还早一步。我拔腿就往旁边的亭子里跑,心想先躲过他,想想应对之策再说。

刘阳比我抢先一步到达亭子,他一把抓住我的胳膊,将我猛的一拽,拽到他面前,用很凌厉的眼神看着我:"卓一君,你到底还打算躲我躲多久? "

我一把推开他,不敢看他的眼睛:"你找我干吗?"

"你连我都不信任? 有必要这样躲着我吗? "

"我有必要信任你吗? 你整天和那帮人在一起,你们是穿一条裤子的人,我不想看到你们任何人! "

"你不要这么任性好不好? 廖总后来把事情的经过原原本本地告诉我了,你那天在仕墨的追悼会上说的那一番话,你觉得有意义吗? 你多大的人了? 当着全公司的面,说那种话有没有想过后果? 那些人会放过你吗? 你说仕墨她一个女孩子,养活了公司1000多

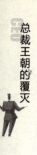

个人中的30%,你这样做,是把自己推到所有人的对立面,你真的好傻、好幼稚!"

我大吼道:"是,全部都是我的错,刘阳,仕墨是你的女朋友,是你们明理集团的所有高层害死了她。我只是实话实说罢了,我凭我的良心说话,他们能把我怎么样?"

"证据呢?说话要讲证据,你是念过书的人,稍微用点脑子,不要什么都凭感情用事!"

"证据在那个红色的日记本和黑色的U盘里面,被人销毁了!"

"这不就得了,没有证据,你说什么都是白说。一君,这个世界不是你想象那样,除了黑就是白,它有很多种颜色,很复杂,你要学会辨别,学会对什么人说什么话,懂吗?"

"我不懂,我只知道,仕墨死了,她还那么年轻,是那么的优秀,是你们害死了她!我只知道,这个世界有很多种颜色,但黑白跟好坏一样,永远都是分明的,你混淆不了!"我说完哭了起来,压抑了两个多月的情绪,此刻又涌上心头。仕墨的死,是我心里一个永远解不开的结。

"好了,我拜托你不要再乱说话,控制好自己的情绪,否则你永远都是一败涂地。我今天来找你,是有很重要的事跟你说,我找你很多次了,你一直躲着我,仕墨买的房子也没有让我知道,害得我差点把什么都给耽误了!"

"你有什么重要的事情跟我说?就在这里说吧,我听着呢!"

"回家说去,不能在这里说。"刘阳说完径直朝我家里走去,我跟在他后面，走到家门口。妈看到我们两人一前一后的进来了，愣了一下。

"说吧！"我冷冷地看了刘阳一眼，一屁股坐在他对面的沙发上。

刘阳说："不好意思伯母，我跟一君有很重要的话要说，您能不能回避一下？"

"哦，好，好的。"妈答应着出去了，走到门口时回过头担忧地看着我，好像生怕我会被刘阳绑架一样。

"不用担心，妈，您出去转转吧，我们很快就说完了！"

刘阳见我妈带上门出去了，一把拽过我，将我按在沙发上，恶狠狠地盯住我："一君，你必须答应我，任何时候你都不能再躲着我！"

我慌乱地一把推开他："你有病啊，有什么话快说！"

"你不用那么着急嘛，我们坐下来慢慢说。"他拉着我的手坐了下来，我一把甩开他，走到他对面的椅子上坐了下来。

"是这样的，集团这段时间遇到了一些麻烦，总裁正在和夫人闹离婚，而陈明丽呢，有可能成为总裁夫人！"

"那是你们的丑事，我不想听。"我没好气地背对着他，用手捂住耳朵。

"我想请你、我想请你回去帮个忙，把陈明丽打败，她这样的女人一旦跟总裁结婚的话，他们两人就掌握了集团百分之六十的股份，她一定会想方设法把我们踢出来。我想请你去接触总裁，我能看得出来总裁对你情有独钟，你是他唯一没有到手的女人。他这个

人有个最大的特点,也是他最大的弱点,就是征服欲很强。凡是他看上却没有到手的女人,他一定会念念不忘,想方设法不计一切代价去得到对方。那天廖总告诉我说你突然像发疯一样,总裁很疼惜你,并且亲自把你抱上他的车,送你去医院,这是我在总裁身边五年多来从来没有见过的情形。所以,我敢断定,他一定还在想念你,只要你回去,愿意付出那么一点点牺牲,陈明丽就彻底完蛋了!"刘阳一口气说完后,用期待的眼光看着我,期望我做出回应。

我冷冷地看着他:"这就是你找我好多次,所要向我说的话吗?"

"是我和廖总两个人的意思,一君,人死不能复生,仕墨死的那天你也看到了,我很难过,很悲痛,到现在都没有从她的死亡阴影中走出来,也一直是单身,因为我忘不了她。可是,我是个男人,事业有时候对我来说,比我的生命还重要。我不能让自己付出了那么多心血发展起来的事业,全部都毁在一个女人的手里!"

此时的我,无言以对。

刘阳见我没有说话,继续说:"你知道吗一君,总裁这个人,其实就是会忽悠,会煽动,会利用人性的弱点,会给人洗脑。他根本不懂管理,不懂市场运作。是我,堂堂的人大毕业生,毕业于美国哈佛的EMBA,用我的才华和智慧,和廖总两个人,撑起了一个商业王国。但是,凭什么他要拥有公司55%的股份,还给他的情妇5%的股份?现在还合谋想把我和廖总踢出去,就凭公司是他创建的吗?去他的吧,他的公司刚开始在一栋烂写字楼里,要不是我,他能从50平米烂写字楼搬出来，发展成现在这样的规模吗？"

我站起来背对着他，说："别说了刘阳，我是不会帮你的，真的，我很简单，没有那么复杂，太复杂的东西我应付不过来。出来做事，给我一份过得去的薪水，就行了。我对生活的要求真的很低，很容易满足，我现在在一家小公司做市场主管，每个月也有好几千的薪水，我真的很满足。所以，我不想插入你们之间的纷争，你去找别人吧！"

"一君，你必须面对，这个世界就是这样的，弱肉强食，如果你只想做个老实人，就只能被人欺负，被人压榨，永远不会有出头之日。你既然选择了职场，就必须接受职场的规则：今天我不想当总裁，明天我就得被人踩！你知道的一君，其实总裁他这样对我，起因还是因为那个红色的日记本和黑色的U盘。你跟他说见过那两样东西，而陈明丽那天为了那两样东西对我起了疑心，她把我给告了，总裁现在根本不信任我！"

我有些矛盾了，事情都是因我而起的，现在看来，是我把刘阳给害了，帮他还是不帮他，对我来说都很困难。

"一君，请你看在我们是校友的分上，看在我多次帮你的分上，帮帮我吧！我会保护你，不会让你吃亏的。总裁这个人其实很自卑，他喜欢女孩子对他投怀送抱，很少强迫对方和他发生关系。只要你坚守住最后的防线，就一定不会有事。对了，还有个秘密我要告诉你！"

"什么秘密？"

"总裁其实性无能,他根本不能那个!"

我目瞪口呆地看着他:"不会吧,那、那次他为什么对我那样?"

"这是他的秘密,他有对付女孩子的秘密武器,但是什么,我现在还不能告诉你。总之,你要学会机灵点,有我和廖总在后面保护你,你一定会没事的!"

"你让我再考虑一下!"

"不要考虑了,再考虑就来不及了,总裁和他夫人马上就要对簿公堂,等陈明丽一旦和总裁领了结婚证,我们就死定了!"

"那我现在的工作怎么办?"

"辞掉它啊,你上班的那家公司我调查过了,是家皮包公司,老板叫王鹏,根本没有在美国留过学。他和一个叫张林的人合开的这家公司,靠几套蹩脚的美容仪器忽悠顾客。等订单越下越多的时候,他们就卷起订金走人了,到时候你可能要面临官司。"

我如遭雷击地看着他:"不会吧,你是怎么知道的?"

"我在商场这么多年了,要调查一家公司的底细还不容易?所以我说你呀,单纯得像一张白纸,没有我这个师兄好好罩着你,你还有得当上,有得苦吃了!"

我不知所措了,为什么会是这样,为什么我总是这样倒霉呢?

"听我的吧,我一定不会让你吃亏,只要打败了陈明丽,你到时候想离开就离开,我会给你一大笔钱。你看,我现在就带来了两万块钱。"

他说完递给我两扎人民币,我一把塞到他手上:"好,刘阳,我决定帮你,但我不要你的钱,我是为我自己!"

"不,一君,这是我的一点心意,即使你今天不答应帮我,我也会给你一些钱。你那家公司撑不了多久,你很快就需要再找工作,需要每个月交2000多房贷,还有你和伯母的生活费。"

听到这里,我有些感动了,刘阳,你到底是什么样的人?为什么我总是不明白你到底哪句是真话,哪句是假话呢?

37 / 21 世纪的侏儒

就这样，我辞掉了王鹏那边的工作，王鹏和张林都舍不得让我走，但我去意已决，他们想拦也拦不住，只能眼睁睁地看着我离开。我最终都没有给他们写那份市场扩张的方案，因为我不想害更多的人。

辞掉那份工作后的当天晚上，刘阳再次来到我家，和我商量用什么方法重新回到明理。最后决定由廖总那边跟总裁沟通，让我回去在公司全体大会上做检讨，然后名正言顺地混进去重新当我的业务部助理。

不知不觉已经是四月份了，天气开始渐渐炎热起来。窗台上的栀子花开了，白色的花朵散发出淡淡的清香，非常的宜人。

我早上来到明理集团，回到我离开了 2 个多月的工作岗位，一切照旧。陈总没有请助理，业务一部现在是由陈明丽和另一个女孩子两个人在打理。那个女孩子看上去娇小清秀，从背影看，有几分像沈仕墨。

陈明丽看到我突然回来了，她感到很震惊，但随即又摆出一副对我毫不在意的神情，仿佛我在她眼里是一粒微不足道的沙子，我的来去对她来说就像灰尘一样微不足道。但我对她却不得不重视，她现在兼任业务一部的经理，顶替了沈仕墨的职务。我的工作是协助陈总配合业务部的这些经理们进行市场宣传和市场开拓，我必须什么事都要和她商量，以我和她之间的这种关系，我们能合得来么？

"这位职员，我现在是业务一部的经理，你必须每天到我办公室来向我汇报，你的每一件工作都必须经过我的检验，合格了才能下班，否则，月底会扣你工资。"看我在发呆，陈明丽对我说完这一番话，就准备下楼回她的副总裁办公室去了。

看着她嚣张的样子，我气得真想揍她一顿走人，但转念一想，这样做不正中了她的下怀吗？她从一开始就看我不顺眼，总找机会挑我的刺，我回来的目的也是为了配合刘阳整垮她的，所以还是忍为上策。

想到这里，我冲她的背影喊道："知道了陈总，我会每天向您汇报的，我会全力配合您，配合业务部所有人员的工作。"

她转过头，有些诧异地看了我一眼，鼻孔里哼了一声，就"噔噔噔"地进了办公室，"砰"的一声把门给带上了。

"你叫什么名字？"我笑眯眯地问面前有点像沈仕墨的女孩子。

"柳繁君！"她回答。

"真的？太好了，我们两人的名字都有一个君字，你来多长时间了？"

"两个多月。"

"哦，还习惯吗？"

"还好！"

这时陈总出来了，看到我后招了一下手，叫我去他办公室。我对柳繁君挥了挥手就往陈总办公室走去。

"陈总！"

"坐下。"陈总很严肃地看了我一眼，示意我在他面前的沙发上坐下来。

"小卓啊，这些日子你去哪里了？又没有见你来公司办理辞职手续，我还打算叫人到处去找你呢！唉，你们这些年轻人啊，做什么都凭一时冲动，完全不计后果，真让人为你们担心呢！"

"不好意思陈总，让您担心了，我是出去学习了。因为我觉得我离现在的岗位要求实在太远了，所以就想出去学习，这不，学了两个多月，就回来了！"

"这样啊！听说总裁把你送到医院后，你还大吵大闹，总裁一气之下就把你扔到半路了。小卓啊，听陈总一句话，总裁既然同意你回来，你就去给总裁道个歉，然后安安心心地做好自己的本职工作，把我们业务部的业绩搞上去，知道没有？"

"知道了，我这次回来，就是想给总裁道歉，请他大人有大量，再给我一次机会。另外我会在公司全体大会上，对我上次的行为做出深刻检讨。"

"那好，可别再像上次那样，把什么都搞砸了，到时候谁都帮不了你了。去吧，总裁现在应该在办公室，你去给他做个口头上的道歉，再写份书面的检讨。"

"哎！"我答应着出来了。

要去见宋樵山了，我该如何面对上次的事？他现在什么都知道了，也一定猜到我回来是带有目的的。我该怎么接近他，让他不怀疑我，不防备我呢？

想着想着，不知不觉到了二楼中间最大的办公室前面，我停下脚步踯躅不前，不敢去敲门。这时廖总过来了，看到我他连忙走过来，说："总裁在里面，我帮你去叫他。"

廖总敲了敲门，里面传来总裁浑厚的声音："进来！"

"进去吧！"廖总意味深长地看了我一眼，转身走了。

我推开门，轻轻地走进去。总裁正在看书，他背对着我，面向窗台，好像我不存在一样。我在他房间的沙发上坐下来后，仔细地将屋里打量了一番。红木的办公桌大得足以做一张床，上面摆了很多书，有历史的，有哲学的，也有美学和艺术的。办公桌的后面靠墙放着一个巨大的书柜，里面摆了很多的书，书柜的上方摆放着孔子的铜像，铜像的两边悬挂着两排金字，是总裁的座右铭：明理、博学、慈爱、中庸、美德。

我坐了很久，连大气都不敢出一声。就在我双腿发麻的时候，总裁转过身，合上书本看着我，这时候我看到他手上拿的是一本线装的《论语》。

"总裁，您在看《论语》呀！"我说。

"是的，我每天都会看一遍论语，你回来了。"

我很想说，宋樵山，你这个21世纪的伪儒，你恐怕每天看的不是《论语》，而是《葵花宝典》吧，你这岳不群式的伪君子，东方不败式的老妖怪！

但我没有说，他一直盯着我的脸，盯得我脸上火辣辣的。我低下头看着自己的双脚，不敢再看他。

过了很久，他突然问："我这办公室，你一定很熟悉了，都来过一次了，不是吗？"

"总裁，对不起，我是特意回来给您道歉的，求您大人有大量，原谅我的好奇！"

"我不怪你，其实你是挺善良的一个孩子，你只是想替小沈讨个公道。真正让我痛心的，是我的助理，我想你也知道他是谁，他就是帮你在我办公室偷东西的刘阳副总裁。"

我惊了一下，急忙说："对不起总裁，是我求刘总帮我做的。再说刘总和小沈曾经是恋人，他们之间本来就感情挺深的，我求他帮小沈做事，他拗不过我，就同意了。请您原谅他吧，要怪怪我好了！"

"好了，你什么都不用说了，你也不需要再为他说好话，我和刘阳的关系还轮不到你来当和事老。对了，你此次回来，有什么目的？"

"总裁，我哪敢有什么目的？我离开明理后，去了一家小公司，结果被人家给骗了。这时候刚好廖总遇上了我，我请他帮我求情，让您同意我回来。他被我苦苦纠缠不过，就同意了。总裁，我发誓，我以后一定乖乖听您的话，该说的就说，不该说的我半个字都不说！"

"是吗？你不是那次唱什么天空的一片云唱哭了吗？你不是说公司是伪狼图腾精神吗？说明你在这里干得不开心，说明你对这里的一切都非常地不满，可为什么又要回来呢？"

"因为您！"我急中生智道。

"因为我？Why？"

"总裁，您还记不记得那天，那么多人用绳子捆住我的手脚，要不是您救了我，我可能被他们关进疯人院了！"我说着说着，挤出几滴眼泪，"您不仅救了我，还把我送到医院，我太不懂事了，听别人的传言说了很多不该说的话。您都没有生我的气，还好言好语地安慰我。可我，把好心当成驴肝肺了，说了很多伤害您的话。总裁，我错了，我在外面找工作吃了很多苦，才想到总裁您的好，跟着总裁，我的人生才有希望！"

"是吗？"他起身背着双手在我面前走来走去，"可是我看到的好像不是这样，小卓啊，你跟以前大不一样了，连说谎都说得这么有模有样，看来总裁没有白疼你一场，你的确是太有才了！"

姜是老的辣，这点果然没有说错，老狐狸一眼就看出我是在说

37
21世纪的伪儒

219

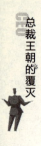

谎,我怎么样才能让他相信我呢?

"总裁,您还是不相信我吗?"我继续装出楚楚可怜的样子,眼泪汪汪地看着他。男人通常是过不了这一关的,尤其像他这种极端自负的男人,在我这种不足以构成任何威胁的弱女子面前,就算他不相信我所说的话,至少也不会再刁难我。

事实果真如此,他停下脚步站在我面前,用手指托起我的下巴,盯住我的眼睛看了几秒钟,说:"好吧,我就暂且相信你吧,过去的事就不追究了,你回来到底有什么目的?"

"我一个弱女子,在您面前哪敢有什么目的?我有件东西想交给您!"

"哦,什么东西!"他重新坐了下来,捧起书桌上的线装书,饶有兴致地看着我。

"是一封检讨信,我花了三个晚上写出来的,我要郑重地当着全公司员工的面把它宣读出来!"

"哦,好啊!"

"那您先忙,我下去了,我待会儿还要向陈总汇报工作。"我说完就拉开门,给他鞠了一个躬,慌不择路地跑了下去。

　　总算过了第一关,我回到办公室,顾不上抹去沙发上的灰,一屁股倒在沙发上大口喘着粗气。接下来我该怎么办?要让这只老狐狸彻底放松警惕恐怕不是那么容易的事,我既要对付他,又要对付陈明丽。更要命的是,老狐狸哪天说不定又要约我去帝王大厦的停车场约会,孤男寡女的,我又不能得罪他,万一被他占了便宜,我就吃亏吃大了。

　　想到这里,我开始有点后悔不该答应刘阳,可眼下已经逼到这份上,也由不得我了。电话响了,是刘阳打过来的,我起身关上门,没好气的"喂"了一声。

　　"对不起一君,让你受委屈了,我现在在外面,有什么事廖总会帮你,你好好保重!"

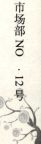

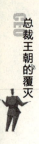

"你在哪？"

"我在外地，要过几天才能回去，你小心那个陈明丽，她找碴儿，不要对她发火，千万要忍着点。她知道你是跟我一起的，想方设法地要把你挤走，你要尽快取得总裁那边的信任她才动不了你，知道吗？"

"行了我知道了，就这样，我挂了。"我说完要挂电话。

"一君，我知道你很委屈，但为了将来，现在受点委屈没有什么的。事成之后，你可以少奋斗 10 年，并且我们并没有干什么违法和违背良心的事，我们是正义的一方，你说呢？"

他这样一说，我心里又软了下来，对他说："我知道了，我应付得了的，放心吧！"

"总之，你要学会控制自己的情绪，你很聪明，智商很高，怎么说也是我们人大的才女。那个陈明丽她中学都没有毕业，根本没法跟你比的。"

"好了我挂了，你不用吹捧我了。"我现在很怕告诉人家我人大毕业的，找了两份工作结果都是这样，让我觉得自己逊到了极点。

外面有人敲门，我惊了一下，急忙起身过去把门打开了。柳繁君站在门口，看到我她笑了笑，说："陈总叫你过去一趟。"

"哦，好的，我马上过去"，我说完关上门沉思起来，陈明丽不知道想出什么阴招想整我，我得好好应对才是。

"咚咚咚！"又有人敲门，我跑过去将门拉开，还是柳繁君，我有点不耐烦地瞪了她一眼："知道啦小柳，我马上过去！"

"你必须现在就动身，"陈明丽从她身后冒了出来，"公司就是军队，上级就是长官，上级要求你做的事，你必须马上行动，而不是在这里磨蹭，如果你不干就马上滚蛋！"

我一听就火了，把刘阳刚才给我的告诫忘到九霄云外去了，我毫不示弱地盯着她："陈总，听说你给公司卖身，把身体都搞坏了，有这回事吗？"话一出口我就后悔了，她没有受过什么教育，而我怎么说也受过高等教育，就算她针对我，我也该对事不对人，怎么可以拿她的隐私来对付她呢？

就在我懊悔的时候，陈明丽突然像发疯了一样，一把抓住我撕咬起来。我急了，去掰开她的手指，她越抓越紧了，手指将我脖子抓出一道血痕。

这时楼道上的人越来越多，看着我们俩扭打成一团。我心里比吃了苍蝇还难受，我，卓一君，堂堂的人大毕业生，居然跟一个泼妇一样，和人在这里打架，真是丢人丢到家了！

可我有什么办法，明理就是一座人间地狱，它把正常人的灵魂都扭曲了，它把所有人都逼成疯子了。陈明丽和我一样，是个受害者，我其实是真正同情她的，我应该具有正常人的胸怀，去忍受一个灵魂扭曲的疯子对我的种种非难。

"好了陈明丽，我给你道歉！"就在她一巴掌朝我脸上扇过来的时候，我一把抓住她的手腕，将她制止住了。

她愣了一下，有些难以置信地看着我。

"对不起，我给你道歉！"我给她鞠了一个躬。

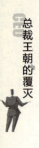

"哼！"她冷冷地对我说，"你是刘阳请回来对付我的吧？"

"你在说什么？你是副总裁，一位高贵优雅的高级职业女性，我只是个基层的打工者，我只想填饱肚子而已，希望你不要为难我，我会很尊敬你。"

她朝四周围观的人看了一眼，怒吼一声："看什么看？回到自己座位上去，不然全都让你们滚蛋！"

周围的人逐渐散开了，这时廖总和陈总过来了，看到我和她狼狈不堪的样子，廖总叹息一声："你们在干什么？这里是公司，你们两个居然弄成这样。总裁听到后很生气。陈总，你现在马上到总裁办公室去一趟。"

廖总说完和陈明丽下去了，陈总板着脸走进我的办公室，我低着头跟着他走进去，在他面前站住了。

"小卓啊，你让我怎么说你？你今天可是第一天上班，还处在试用期，居然和上面的副总裁两人在这里打架。我都说过你多少次了，年轻人做什么都是那么冲动，也不动脑子好好想想，陈总可是这里的老板，你居然跟她打架，要不是廖总，你估计现在被关到派出所去了！"

"对不起陈总，她说话实在是太伤人了，我是打工的没错，但我是个人，我有我的尊严和做人的底线，把我逼急了，我可是什么都不顾的！"

"又来了，什么叫什么都不顾？还有你父母呢，他们把你养这么大，供你上学，容易吗？你就不能忍一下，俗话说：退一步海阔天空，忍一时风平浪静嘛,干吗总是要跟自己过不去?"

"不是这样的陈总,我没有跟自己过不去,是她——"我很想说,这里不正常,这里的一切都突破了人的尊严和道德底线,作为一个正常人,我当然无法忍受。

"好了,什么都不用说了,这次是廖总给你扛下来了,你把检讨再修改一下发我邮箱里,我先看一遍后,你明天在公司大会上深刻检讨吧。记住,没有下次了!"陈总说完出去了。

我拿起镜子看了看自己,脸上和脖子上被抓出两道血痕,披头散发,就跟疯子没有什么两样。如果在这样的环境里再待下去,有一天可能会真的疯掉!

这时,楼下突然传来一声凄厉的尖叫:"不好了,有人跳楼了!"

只听"砰"的一声,有件物体重重地摔在地上。

我脑子里闪过一个可怕的念头:会不会是陈明丽回去后想不开?

我急忙打开窗户,发现楼底下围满了人,看不清跳楼的人是谁。我跟着楼上的人朝楼下跑去,楼下人山人海挤得水泄不通。我胡乱朝里面冲,只见地上是一摊鲜红的血迹,死者已经被一块白布给盖上了。

警车的声音在附近响起,几分钟后,几个警察过来,将死者周围用栏杆围住了,人群逐渐往旁边散去。

我木然地回过头,看到总裁和廖总还有张总陈总几个人正惊慌失色地跑下来,唯独没有看到陈明丽。总裁和廖总上前去和警察交

涉,我高一脚低一脚地回到公司,公司一个人都没有,全都跑出去看热闹了,冷冷清清的,十分可怕。

我从二楼经过三楼的时候,楼道的声控灯突然一下子打开了,吓了我一跳。接着厕所里面的门发出"吱呀"一声,在静寂的楼道里显得格外恐怖。我吓得捂住胸口尖叫一声,顺着墙角蹲了下去。

"你在干什么?"陈明丽的声音突然出现在我脑上方。

莫非、莫非她的魂这么快就回来找我了?

我紧紧闭上眼睛,等待她把我抓去,然而等了很久都没有见她抓我。我睁开眼睛,发现她正一脸不屑地看着我,"你神经病啊!"她骂了我一声。

我慢慢站起来,原来死的不是她,那会是谁呢?

"神经病,要不是总裁今天拦住我,我非撕了你这张烂嘴不可。不要以为你年轻点,总裁就会喜欢你,你做梦去吧!总裁真正喜欢的人是我,他马上就要离婚和我结婚,你最好给我老实点。否则,连水都没得你喝了!"她说完看都没再看我就下楼去了。

这时我看到袁小丽哭哭啼啼的被人搀扶进来了,这是怎么回事?我连忙跑过去:"小丽,你怎么啦?"

"是你,一君,你回来了,12 号,不,孟军,他刚才跳楼了,是我害了他,都是我不好!"袁小丽说完又捶胸顿足地哭了起来。

12 号,就是那个顶替我的男孩子,他叫孟军,他看上去很腼腆,很内向,小丽不是喜欢跟他吵架吗,为什么会害死他?他为什么要跳楼?

39 / 自杀未遂的小丽

公司将要在明天举行新闻发布会，这几天每天都有新闻记者和警察光顾，整个工作秩序都被打乱了。所有人都无心工作，包括我。

市场部12号的死很可疑，据说他和袁小丽两人私下里谈恋爱，被组长给批了一顿，就跳楼了。在我看来，事情远没有如此简单，一定是还有很多其他的因素在里面。但到底是什么导致他年纪轻轻就结束了生命，这恐怕还要问袁小丽，她一定知道事情的全部过程。

组长现在已经停职，被警察带过去问了好几次口供，她整个人都变傻了，以往那种高高在上的威仪在她身上荡然无存。公司的高层们为处理此事忙得焦头烂额，刘阳在出事的当天就赶回来了，来不及跟我碰面，就去处理这些事物。而总裁也没有再找我，陈明丽也顾不上找我麻烦。

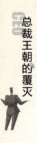

　　我一边为 12 号的死感到惋惜，一边将手中的工作整理顺当，免得陈明丽再找我麻烦。下午两点的时候，陈总走到我办公室，说："一君啊，公司出了这种事，社会上现在有各种各样的谣言，对公司非常不利。你把手上的工作忙完了，写几篇稿子发在各个网站，为公司洗洗这不白之冤。"

　　"好的陈总，等我把事情做完了，晚上回去加班写几篇稿子出来。"

　　"那好，辛苦你了。"陈总说完走了。

　　自 12 号跳楼那天起，我就再也没有看到袁小丽。毕竟我们曾经是要好的朋友，我打算今天中午跟陈总请假抽空去看看她。

　　中午吃完饭后，我给袁小丽打了一个电话。电话是她家人接的，说她在家里休假。我问清楚她家的地址后，在附近的商店买了一些鲜花和水果，打了一台车直奔她家。

　　开门的是袁小丽的母亲，她看上去很年轻，还不到 50 岁。她将我迎进门后，朝里面的房间喊了一声："小丽，有人来看你了！"

　　房间里面没有人回应，她又喊了一声，还是没有人回应。我有种很不好的预感：里面一定是出事了！

　　于是我来不及放下鲜花和水果，冲过去一把将门给推开了，里面的画面简直让我瞠目结舌：袁小丽一丝不挂地躺在床上，她的胳膊下面放了一把刀，血将她身下的被单染得鲜红！

　　"小丽！"我吓得大叫一声，一把将她抱在怀里。

　　袁妈妈跑过来，看到眼前这样的景象，她吓得一屁股坐在地上哭喊起来:"小丽,我的孩子,你怎么这么傻啊?"

"小丽,你怎么样?"我试了一下她的鼻息,她还有一点气,于是我急忙用手机拨打120。

救护人员上来了,我帮他们给袁小丽戴上氧气罩,他们抬着她出去后,我扶着袁妈妈,跟着他们一起上了车,救护车上路后急速地开往市人民医院。

经过几个小时的抢救,袁小丽苏醒过来了,她整个人瘦了一大圈,往日的青春飞扬在她身上消失得无影无踪。"小丽,你怎么样了?"我心痛地看着她那张可能永远都不会再和我嬉闹的脸,担忧地问。

她慢慢睁开眼睛看了我一眼,说:"一君,你为什么要救我?"

"你好傻,为什么要干这种蠢事?我们不是说好了,以后一定要有钱,做回我们自己的吗?"

"你觉得可能吗?我其实并不是想有很多钱,我现在只想和我心爱的人在一起,现在他不在了,我也不想活了!"

袁妈妈过来了,她心疼地捧起女儿消瘦的脸:"孩子,人死不能复生,就算他千好万好,可毕竟不能再回来了。我们总还得过日子,我跟你爸爸不能没有你。你爸爸刚才听了你的情况,他急得要从新疆赶回来。我们都快为你操碎心了,你为什么那么傻呢?"

"妈,女儿不孝!"袁小丽说完,趴在母亲怀里痛哭起来。

"小丽,知道自己不孝,以后就不要再干傻事了,答应我,好好的活下去,总有一天会好起来的!"我安慰她说。

这时医生过来了，说："病人已经怀孕两个月，由于失血过多，胎儿恐怕保不住了，你们家属做好心理准备。"

我惊愕地看着袁小丽："小丽，你和他？"

袁小丽没有回答我，她已经哭得泣不成声。

照料好袁小丽，已经是晚上十点多了。她肚子里的孩子最终没有保住，医生给她做了清宫手术后，她睡着了，整个人看起来已经虚脱。

我和袁妈妈坐在病房门口聊了一会儿，袁妈妈告诉我，说小丽和孟军是过完年开始的。

由于公司不允许员工之间谈恋爱，两人偷偷地交往了一段时间，后来被公司发现了。公司对两人提出了警告，可两人好得如胶似漆，根本谁也离不开谁，于是公司决定开除两人。

后来不知道怎么搞的，公司决定只开除孟军一个人，并要求他在公司集体大会上做检讨，要他像个罪人一样承认自己违反了公司规定，自愿接受各种处罚。

就在他做完检讨接受处罚后，行政部却将他的学籍档案以各种理由扣押了下来，导致他出去不能找工作。那次跳楼是他第三次到公司讨要学籍档案，行政部再次让他白跑了一趟。于是他和行政部一个叫麦子的女职员两人发生争吵，结果却遭到行政部一群人的侮辱，一时想不开就跑到五楼跳了下去。跳楼的时候是脑先着地，人很快就不省人事。

在袁妈妈的口中，孟军是个非常孝顺的孩子，人老实本分，在公司时常受到别人欺负。袁小丽刚开始也常常欺负他，但后来觉得他人太好了，就渐渐喜欢上了他。袁妈妈说如果不是因为孟军太老实，每次袁小丽都要帮他出头，他们两人的恋情就没有那么容易被人发现。

"您那时候怎么不劝袁小丽离职呢？要是他们两个都离开那里，就不会出现这样的悲剧了！"话一出口，我就想起了李亚辉。他那时候经常劝我离职，可我不仅没有听他的劝告，还对他起了反感，导致我们之间那段还没有发展起来的恋情被封冻，至今他都没有再跟我联系。

"小丽说现在工作不好找，在这家公司的工资比较高。我又没有工作，她爸爸前几年在新疆那边把腿摔断了，治疗花了不少钱，这两年靠小丽的工资才还清债务。"袁妈妈说。

"好了您不用说了，我什么都明白了。您好好照顾小丽，不要让她再想不开了。我先回去，过两天有时间再来看她，您好好保重！"

离开医院的路上，想到袁小丽之前那副活泼可爱充满生机的笑脸和她现在处于生死边缘的惨状，心中百感交集！

40

人的确有潜能，但人不是机器

回到家的时候，发现刘阳的车子停在我家楼下。我愣了一下，走上楼掏出钥匙打开门，发现刘阳正和我妈两人在看电视。看到我回来，他从沙发上蹦了起来，一把抓住我的双手："一君，你回来了，我等了你一下午！"

我没好气地将包扔在沙发上，冷冷地看了他一眼："你来干什么？"

"我下午去你办公室找你，老陈说你请假出去了，我有急事跟你说。"

"说吧，我听着呢！"我说完闭上眼睛躺在沙发上不再理他。孟军的死，小丽的自杀未遂，沈仕墨的死，这些和我有一点关联的人，一个个都走了。这一切都是因为明理，我现在越来越觉得明理是个吸血的魔窟,而宋樵山是魔教的教主,陈明丽是他的帮凶,是我的敌人。

"你怎么了?是不是哪里不舒服?"他说完摸了一下我的额头,这过于亲昵的动作引起了我的厌恶,我一把拨开他的手,怒吼道:"孟军死了,是你们害死的,小丽今天自杀,也是你们害的,你们到底还想怎么样?"

他不知所措地看着我:"你在说什么?到底发生什么事了?"

我哭了起来:"小丽今天自杀了,她用刀片割了自己的脉搏,幸亏我及时赶到,不然又是一条人命。刘阳,我现在越来越觉得明理是一座魔窟,宋樵山是一个魔教头,而你们都是他的帮凶!"

刘阳没有说话,他点燃一支烟走到窗台上站了很久,回来后单腿跪在我面前:"一君,对不起,我这段时间一直没有从仕墨的死亡中走出来,又忙着要你去对付陈明丽,我实在不知道公司发生了这么多事。这样吧,你给我一点时间,让我去将自己这几年来所做的一切好好想一遍,然后我再决定下一步怎么做。我先走了,你好好保重!"

他走了之后,我就一直仰卧在沙发上想着和仕墨在一起的点点滴滴,想着袁小丽那张无忧无虑的笑脸和她现在的模样,想着第一次见到12号孟军时他那副腼腆的样子。

不知不觉凌晨两点了,妈一直陪着我。

"妈,您先睡去吧,我睡不着,我想看一下书。"我说。

妈唉声叹气地进房间去了,我翻出以前一直想看没有时间看的

233

一本书。书名叫《迷惘》,出版于1935年,书的作者叫伊里亚斯·卡内提,是西方人。卡内提是1981年诺贝尔文学奖获得者,这本书后来经一个台湾人翻译后,流传到了大陆。

对这本书我没有太深的感受,然而在书的背后,有一篇采访卡内提的文章,却引起了我的兴趣。该文章谈到了孔子,由于宋樵山崇尚孔子儒家的缘故,看到这位西方诺贝尔文学获奖者在1935年谈到孔子,让我非常的好奇。

卡内提在他长达2000多字的文章中有这么一段话评论孔子儒家:孔夫子不让人成为工具,这种性格和他对专家的厌恶很相符。在孔夫子看来,人的重要不在于他会这个会那个技能,而在于超乎各种技艺之上的人的本质。孔子很重视不投机的美德,也就是不要把人当工具,这种精神也是中国文化的重要特质,因此只有坚持原则的人才能普遍获得尊重从而成为社会模范。

中国是一个具有极高人文修养的国度,3000年前的中国人,为避免人沦为工具和禽兽,在提高修养、人伦、道德、生活艺术方面颇有建树。孔子作为教育工作者的鼻祖,诸多思想都是在挖掘和发扬人性中的"善",孔子毕生都在为培养人的艺术生命和提高人的生命尊严而努力。

人和工具最大的不同在于人是有情感和尊严的,有价值观追求的。人是万物之灵,按照康德的分析,人认识事物的途径分为三种,一、通过先验认知,二、通过经验分析和判断,三、通过直觉之智。这三点已充分说明人具有极高的天赋和悟性,具有丰富的情感和智慧。人一旦沦为工具，生命也就失去了尊严，这一切都会沉沦，整个社会也都会沉沦，会出很多很多的问题。比如陈明丽，比如沈仕墨，比如我，还有千千万万的人们。

企业军队化和狼性文化，这两种价值观都超出了人的本质，它压制了人性，把人变成了被使用的工具。人的确有潜能，但人绝不是机器，也不能成为狼。利用"人的潜能无限"来发扬人性中的"恶"，将人打造成"猛兽"和"机器人"，这样的社会发展下去将非常可怕。

看完卡内提的文章我深有感触，顾不得疲倦，熬夜写了五篇文章发在各大网站，将集团的一些问题引到了社会问题的层面。发完后，不知不觉天就亮了，提上妈给我准备的一些早点，迷迷糊糊地去了公司。

到公司打开电脑后，我发现我的几篇文章在各大网站均引起了较大的反响，集团问题被我成功转移成了社会矛盾。我把这些稿子收集起来交给陈总，陈总看了一下，又拿去给廖总，廖总说会找个适当的机会交给总裁。

事件过去后的第三天下午，陈明丽突然差柳繁君来找我，让我把这段时间的工作给她汇报一下。我忐忑不安地走到二楼，在她办公室前敲了几下，里面却传来总裁的声音："进来！"

我推开门，这时发现刘阳、廖总、总裁、陈明丽四个人都在。我惊了一下，看他们每个人脸上的表情，感觉有什么重要的事情要宣布。于是我走到廖总身后，没敢说话。

"小卓，这几篇文章是不是你写的？"总裁打开一个网站，指着

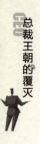

首页上的一栏对我说。

我小心翼翼地回答："是的总裁，有什么问题吗？"

"没有问题，写得很好，现在公司发生这种事，对我们造成了非常坏的影响。公司原本谈的几家大客户到现在都搁下了，客户现在普遍对我们印象没有以前好了。你这几篇文章写得很好，及时地把这种不良影响变成了整个社会的矛盾，缓解了公司的压力，使公司得到了喘息的机会。"

我极不自然地笑了笑："哦，这样啊，那太好了，为公司效力是我的职责，应该的！"

廖总说："所以，我们一致表决通过，由你担任市场部组长，并兼任业务部的副总经理。这两个部门本来就是关联的，市场部脱离业务部就发挥不了功能，你同意吗？"

我惊了一下，说："那杨组长？"

廖总说："其他的不用多说了，你的办公室还是在三楼，和业务部连在一起。市场部这边给你配一个助理，你的薪水从下个月开始上调到8000，好好努力！"

"谢谢，那我先下去了。"我说完准备退出来。

陈明丽把我叫住了："等下，把你这几天的工作报表拿过来给我看一下。"

"好、好的陈总，我现在马上送过来。"

就这样，我的职务现在是市场部组长兼业务部副总，薪水调到了8000。可我却怎么都高兴不起来，我是踩着孟军的尸体爬上去的,如果没有他的死,组长就不会被停职,我就不会发表一些那样的文章。没有这一切,我就不可能升职加薪。

41/
我看不清自己的未来

　　陈明丽看了我的工作计划表后，没有说话。总裁接过去看了一下，连声说好，让我拿到业务部做模板，要求每一个业务部的人都按照我这种格式填写工作报表。

　　业务部的人现在看到我眼神都和从前不一样了，我从一个服务业务部的办公室助理，升到了业务部的副总和市场部的组长。张耀辉曾经在沈仕墨的追悼会上整过我，但我不是个喜欢记仇的人，反正大家都是打工的，做好自己那份工就好了，学沈仕墨什么事睁只眼闭只眼就过去了，何况我还肩负着刘阳给我的使命。

　　然而，对于有些人，似乎除了独裁别无他法。这些人仿佛天生就喜欢被独裁和专制管制，如果你太平易、太人性化的话，他会觉得有机可乘，不把你放在眼里，甚至找机会整你，一有机会就想把你踢出去。

张耀辉就是这样的一个小人，我对此深有体会。我看了他的档案，某学院大专毕业生，工作时间是七年，在明理集团的业务部担任业务经理有两年时间，业绩一般，个人业绩不到沈仕墨的三分之一。据我的观察，他很善于搞裙带关系，在业务部好几个部门都培植了一些他的党羽。难怪那次我发表对沈仕墨的哀悼词时，他和一群人起哄把我轰下台。

当我在其他部门推行我的工作计划模板时，只有不到三分之一的人反对，而在张耀辉的部门推行时，几乎所有人反对。张耀辉默不作声地坐在角落里，冷漠地注视着一切，似乎等着看我的热闹，让我被吓倒后自己灰溜溜地滚蛋。他以为我还是那个单纯得像一张纸可以轻易击碎的黄毛丫头。

"副总，您不觉得您这样太麻烦了吗？"一个男职员说。

我笑了笑，镇静地回答："这位同事，你觉得吃饭麻烦不麻烦？要把菜种下去，还要松土、施肥、浇水，等菜长出来后，还要去摘，去洗，去炒，光说这些已经够麻烦了。那你还要不要吃呢？要，因为不吃你就会饿死！"

"副总，您这个表格太复杂了，我们填不了！"另一个男员工说。

"这位同事，你知道这是什么？"我举了举手上的客户联络表。

"不知道。"

"这是一份客户联络表，这上面有100家公司老总的名字，这100家公司都是资产上亿的公司，每一家都有可能会成为我们的大

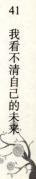

客户。我可以把他送给你，但我有个要求，我要你在一个月内记住这些人的名字，你能做到吗？"

"这个，应该可以吧！"

"那不就得了，你连100个客户的名字都记得住，这个每天花5分钟填写的表格对你来说很困难吗？"

"总之，我们没有时间填写这些东西，我们每天工作已经很忙了。"张耀辉终于起身说话了。

我无不嘲讽地说："哦，张经理在啊，我还以为你不在这里上班，有单独的办公室呢！请问张经理每天在忙什么呢？"

他傲慢地看了我一眼，说："见客户，和客户打高尔夫，吃饭，打牌！"

"这样啊，看来张经理的确是很忙，这样吧，你能不能把你的日程安排给我看一下？"

"我写在我的日记本上的，上面有我的隐私，没有必要给你看吧！"

"那好，业务一部今年是1.5亿的业务量，你这边的话，少说也要做1个亿吧！我看你才报了5千万，有点太少了。要知道张经理可是不比以前的沈经理差的，沈经理一年能做1.5亿，你怎么能输给她呢？这有点太丢我们业务部男士们的脸了吧！"

"这个不用你来管，我若做得不够好，公司自然就可以开除我。"

"可我现在就是要管，这是公司的命令，所有业务员，包括各个部门的业务经理，每天的工作安排必须严格按照这个表格来填，少填一次扣奖金 10 块,连续 5 次没有填写的算旷工,将会被开除。"

台下的人此时鸦雀无声了,一个个低头去学着填写表格,张耀辉此时气焰也不敢再嚣张,但仍然是一副不把我放在眼里的姿态。

"我告诉你,业务二部今年的业务量必须达到 1 个亿,否则,到年底你就会被剃光头。我说话算数,等会儿我会让我的助理出一份正式的文件,让你签字。"我说完头也不回地走出他的部门。终于打败了这个小人,我心里舒了一口气,全身都感觉舒服了很多。

从那以后,陈明丽没有再找我麻烦,在明理集团整天受晦气的日子一去不复返了。

这事过去几天后,刘阳终于给我打电话了,他说他和廖总两人在中心区的一家酒店等我,让我过去。我感到事情要有一些进展了,就和陈总打了一声招呼,朝那家酒店里赶。

开门的是廖总,他看到我笑了笑:"刘阳,我们的巾帼英雄到了!"

刘阳正在洗手间洗手,水哗啦啦地响,听到廖总叫他,冲出来顾不得擦掉手上的水滴,一把抓住我的手:"小师妹,我就说你是好样了,为咱们人大出来的师弟师妹们争光了,您现在可是身兼两职的人物了!"

"说吧,找我来是不是事情有些进展了?"我坐下来躺在沙发上,对刘阳的夸赞高兴不起来。

廖总说:"的确如此,这是法院今天的传票,一周后总裁和他太太就要对簿公堂了,这是我们最关键的时刻。"

我接过来看了一下，总裁他老婆叫陈明珍，和陈明丽两个人就差一个字，不知道的还以为这两人是姐妹。

我问："那我应该怎么做？"

刘阳说："陈明丽明天会去新加坡，要三天后才会回来，你现在可以接近总裁，让他彻底倒在你这一边。"

"我要怎么样才能让他彻底相信我呢？跟他上床，或者跟那几家不愿意跟我们合作的大客户睡上一觉？"我突然觉得刘阳有点二百五，看得出来廖总其实比他还急那20%的股权，可人家却把找人干缺德事的话都让给他说了。

廖总说："也不是的小卓，你先不要着急，总裁他、他其实是没有那方面功能的。你跟他在一起的时候，可以关心他的身体健康问题，或者他的一些生活细节的问题。总裁对这方面是蛮欠缺的，他夫人很少关心他，可以说几乎没有什么家庭生活温暖。而陈明丽，你也看到了，她是给不了总裁这些的，总裁相信她，主要是因为她当初为公司付出了很多，对总裁很忠心，总裁现在最信任的人就是她，但不表示总裁喜欢她这样的女人。"

"我明白了，听起来总裁其实也挺可怜的，"我说，"你们需要的仅仅是总裁不要和陈明丽两个人成为法定的夫妻，是吗？"

廖总说："是的，如果他们结婚的话，陈明丽就拥有了公司30%的股份，总裁的那一部分是会分给她一半的。以她的为人，一定会把我们踢出来，我们就等于白干了。实际上集团是在我和刘阳两个人手上发展起来的，总裁是不怎么在行的。"

我沉思片刻,点点头说:"我明白了,我知道我该怎么做了。"

刘阳困惑地看着我:"你知道怎么做了?"

"很简单,我要先了解总裁的意图,看他是否打算离婚后和陈明丽结婚,然后我会向他灌输公司没有你们两人不行的道理。我会旁敲侧击地告诉他,他其实不行,只会忽悠,公司都是靠你们两人发展起来的。"我说完对刘阳挤了一下眼睛。

刘阳惊得一下子蹦起来按住我的胳膊:"小师妹,拜托你千万不要这样说好不好,我还以为你有了什么锦囊妙计,你这样说不光会害死我们,也会害死你自己。总裁从来都认为他是最行的,他是整个宇宙的神,宇宙离开他就转不了。你要说他不行,比杀了他还让他难受,他可能会杀了你的,真的,我不骗你,我们以前有个员工——! "

"行了刘阳,话说到这里。我相信小卓的能力,她一定能胜任的,我们先不要说这个话题了,先吃饭吧! "廖总说完去叫服务员上菜了。

刘阳看廖总走了,一把抓住我的手:"你真的能行? "

我笑着说:"应该没有问题,我现在发现我还是蛮有潜力的,以前没有发挥出来,主要是人生经验不够,把人想得太简单了。"

"你呀,就是没有经验,其实这都是人生的必经过程,我刚开始还不是这样,否则我也不会被总裁给忽悠进来,整天给他卖命,现在还处于被人一脚踢出去的危险境地。"

我饶有兴趣地看着他那副沮丧的表情,说:"想不到你比我还

逊,能给我讲讲你当初是怎么被忽悠的吗？"

刘阳叹息一声："唉,过去的不要再提了,走一步算一步吧！"

廖总进来了,服务员将餐具摆好,倒上红酒后出去了。我们三个人举起杯子,刘阳说："为我们的未来干杯！"廖总笑了笑："应该是为了我们的事业干杯！"两人举起杯子一饮而尽。

我呢？我是这场戏中的主角,我却不知道我是为了什么,仅仅是为了帮助刘阳？还是为了其他？我有点迷茫了,此时透过红色的液体,那液体有些朦胧,让我看不清自己的未来。

陈明丽第二天早上乘飞机去了新加坡，我上午的时候接到刘阳的信息，正准备去陈总那边，手机这时收到了一条短信：小卓，这段时间辛苦你了！

我愣了一下，是一个陌生的号码，会是谁呢？

我正在纳闷的时候，他又给我发来一条：是总裁。

我顿时喜出望外，昨天晚上想了很久，一直想不出一条锦囊妙计如何去接近总裁，想不到他自己找上门来了。我马上复了一条：没有什么的，为公司效力是我的职责，您这段时间一定非常劳累了，要多注意身体，我们大家都不能没有您！

他说：早上听廖总说你这段时间工作表现很好，真是难得啊，你在我们公司一共待了多久了？

原来又是廖总在背后支持我,我沉默了半晌,说:加起来有七八个月了吧!对了,您给我加薪了,我还没有报答您呢!

他马上回复了一条:你想怎么报答我呢?

我很想说要不请您吃顿饭吧,但我怕这样主动会引起他的怀疑,便改成了:我还没有想好呢!

他说:要不这样吧,今天晚上去我家,请你吃顿饭!

去他家,有没有搞错,这老家伙真是胆大包天,竟然把女人往家里带!

我说:这样不太好吧,总裁夫人知道吗?

他马上又给我发过来一条:总裁有很多房子,就这样说定了,晚上下班后你在帝王大厦的停车场等我。

又是帝王大厦停车场,我听到这个名字就觉得心惊胆战。但时间太紧迫了,我只有三天时间,我必须在这三天之内让陈明丽彻底完蛋。想到这里,我很痛快地同意了跟他在帝王大厦见面的要求。

晚上下班后,我去洗手间梳洗了一番,出门的时候碰到了张耀辉,他有些尴尬,想跟我打招呼。我故意装出趾高气扬的样子对他不屑一顾,扬着头在他面前一飘而过。

柳繁君出来了,她今天看上去比平常美,娇小柔软的身段裹在那套黑色的套装里,使她具有几分古典美的气质,薄施粉黛的鹅蛋脸看起来弹指可破。

看到我后,她过来跟我打招呼:"卓总好,您出去呀!"

"是啊,你好!"我对她微笑着点点头,总觉得她的神情怪怪的,但怪在什么地方我却说不上来。

走出公司后，我迫不及待地打车来到帝王大厦的停车场，趁天还没有黑，我给总裁打了一个电话，他却关机了。

我打他另一个手机，电话接通了，却没有听到人讲话。过了很久，一个熟悉的女声从那端传了过来，是柳繁君的声音。她的娇喘声伴随着总裁的喘息声，互相交织着在我耳边响了很久，直到我的身体在晚风中僵硬。

又一个王佩，沈仕墨，我！

过了很久，喘息声停止了，女人高跟鞋敲打木质地板的声音在耳边响了几声，很快消失了。

握住手机的手抖得很厉害，我挂掉电话，看着夜色笼罩下的深南大道两边的灯红酒绿和红花翠柳，想着刘阳交代给我的任务，不知道自己该何去何从？

第二天回到公司，发现柳繁君今天没有来业务部。我一边检查各部门业务经理昨天提交上来的工作汇报表，一边寻思着如何面对昨天发生的一切。这时有人在外面敲门，我起身将门打开，柳繁君的脸露了进来。她看上去顶多不超过 21 岁，比我还年轻，高耸的胸包裹在套装中，使她的呼吸有些困难。她在我面前坐下来后，灰色的套裙下露出一截雪白的大腿，带有某种挑衅意味地在我面前晃了几下。

我不动声色地问："有什么事吗？"

"是这样的卓总，陈总走的时候交代过我，让我照顾好总裁，所

以昨天真是太不好意思了！"

我无视她的无耻,对她莞尔一笑:"哦,照顾到床上去了,这也是你的陈总交代你的吗?"

她毫不在意地笑了笑:"我知道你在妒忌我,你昨天约了总裁,可总裁却爽约了,对一个女人来讲,没有比这更窘的了吧!"

"你怎么知道我约了总裁?"我说。

"总裁告诉我的,他说你一直想勾引他,但他不喜欢你,他喜欢像我这样刚出校园既年轻又纯洁的女孩。所以你昨天一走他就给我打电话了,将我约到他的办公室。你后来打电话过来,是我接的!"

我气得浑身发抖,看来宋樵山这个色魔很善于在女员工之间挑拨离间。他故意让这些女孩子互相猜忌、妒忌,利用她们的争风吃醋轻而易举地控制她们,每个被他欺骗的女孩子都以为自己是总裁恩宠的唯一。

"没错,你比我年轻,我承认我输了。"我继续不动声色地说。

她愣了一下,原本以为我会妒忌她,可是我却并没有如她所愿,反应非常冷淡,这让她有些不知所措了。

"好了你出去吧,我要忙了!"我说。

她起身走到门口,突然转过身对我说:"卓总,小心你的位置,别以为公司的人不知道你屁股下面的这个位置是怎么得来的!"

"我这位置恐怕不好坐,这不是花瓶坐得了的。再说我是靠我的能力上来的,不是靠出卖肉体。好了,你出去吧!"我说完没有再理会她,低下头继续整理工作汇报表。

到了下午,总裁突然给我打电话了:"小卓,不好意思啊,昨天本来和你约好了,可小柳下班的时候突然来我办公室了,害得我未能去赴你的约!"

我深呼了一口气,强迫自己笑了笑:"没事的总裁,小柳她早上来我办公室都告诉我了!"

"你都知道了? 这个小柳真是的,不过她挺开放的,又年轻,这样的女孩子恐怕没有哪个男人会拒绝。"

"我明白了,我不会介意的。"我说。

"不过,你要找的红色日记本和黑色U盘里面又多了一个秘密哟!"他说完笑了起来。

看来,这就是沈仕墨要我找的秘密。这些女孩子就是这样被这个魔教教主控制、玩弄,为他卖命,最后毁了自己一生的幸福。我又想到沈仕墨和着腐乳喝稀饭、瘦小的身躯裹在黑色套装里发抖的情景,眼泪扑簌扑簌地直往下掉,"我先挂了,还有很多工作等着我做。"我说完挂掉电话,那恶心又刺耳的声音在我耳边消失了。

过了一会儿,他又打过来了,我不得不接起电话:"喂!"

"一君,昨天很对不起你,我干完后本来想马上来见你,但是我怕你有洁癖,所以就没有来。这样吧,今天晚上我等你,到我办公室来。"

我很想说:我压根就不稀罕和你这臭流氓见面,你去死吧,趁早进阴曹地府,免得活着继续祸害更多的人!

但转念一想到刘阳交代给我的任务,还有他刚才给我提到黑色的U盘和红色的日记本,说不定我能从他这里找到一些线索了。于是我压制住满腹的怒火,装作毫不在意地对他说:"办公室恐怕不太好吧,那里经常有人来往,被人看见了对您对我都不好,我不希望我们俩成为别人的谈资。"

"看来你还记得咱们俩第一次见面的情形,那好,就这样吧,晚上帝王大厦的停车场见,不见不散。"他说完挂了电话。

我想说,是的,总裁,我视你为偶像,我崇拜你,仰慕你,你在我心中的位置胜过了一切,可是你却是一个如此下作的流氓,一个魔鬼,好好的人不做,你为什么偏偏要这样呢?

晚上下班后,我和昨天一样,打车去了帝王大厦的停车场。等了大约25分钟,他给我打电话,告诉我他在停车场后面的一个车库内,让我过去。我蹑手蹑脚地走到后面停车场,发现里面黑漆漆的,非常骇人。这时候他将车灯按了一下,我走过去,他打开车门一把将我拉了进去。

车内放着音乐,声音很轻,我将门关上后,立即有一双大手将我的眼睛蒙住了。熟悉的气息,熟悉的手,一切都是那么熟悉。想到这双手昨天曾经和另一个女人,一阵强烈的恶心就让我差点没吐出来。

我想马上离开这里,但转念一想,我不过是想利用他达到一些目的罢了,又不是和他真的在约会。就算他和别的女人做了什么,又和我有什么关系呢? 这样一想,我决定留下来,想看看他待会儿会对我耍什么花样。

43

可怜之人必有可恨之处

"总裁，你不要跟我开这种玩笑了，快放开我！"我用力掰开他的手指，发现他正坐在我身边对我微笑。看到我恼怒的面容，他说："好了，不跟你开玩笑了，你想去哪里？"

我反问他："你昨天不是说要请我吃饭吗？可你却和别的女同事约会！"

"怎么，你吃醋了？我下班的时候正准备走，小柳突然给我发短信，要来我办公室。当我的员工需要我的时候，我从来不拒绝她们。"

如果当时我的手上有一把刀，我恨不得手刃这个臭流氓。但是我不能，这是法制社会，我不能用我年轻的生命去给他陪葬。于是我说："原来那个红色的日记本和黑色的 U 盘里面装的都是这些，你拍了她们的照片，然后用这个控制她们，要挟她们为你卖命，是

吗？"

他没有理我，将车子开出来，不一会儿就到了深南路上。

一路上我们都很沉默，他已经完全对我失去了最初的激情，不愿意跟我多讲话。但我想从他的嘴里多了解一些他的家庭情况，于是试图打破这沉默："总裁，你会做菜吗？"

他回过头看了我一眼，说："我的手艺可以比得上五星级饭店的厨师。"

"哦，那你经常在家做菜给夫人吃了，总裁夫人真是太有福气了！"

"是，是很有福气，待会儿让你好好尝尝我的手艺。"他说完不再说话了。

车子开了很久，越来越往人烟稀少的地方开去。我害怕了，这里还真是荒芜啊，万一他把我杀了，随便往山脚下的水沟里一扔，可能很多天都没有人知道。想到这里，我不由得抱住双肩，身体不住地颤抖起来。

"你怕什么？我不会吃你的，我只喜欢那些肥嫩又听话的小羔羊，就像小柳那样刚从学校出来进公司没多久的。对有经验又倔犟的母羊，我没有兴趣。"他说完看都没有看我一眼，将刹车用力一踩，车子就在一座山脚下的别墅前停住了。

我无端被人说成母羊，还是有经验的，气得我直想发火。不过这样也好，既然他不喜欢我这样有 9 个月工作经验的女孩子，只喜欢像柳繁君那样刚从学校出来的，像陈明丽这样的女人，他恐怕更没有兴趣了。我的任务是阻止他和陈明丽结成法定夫妇,他喜欢谁对我来说都无所谓。

我跟着他高一脚低一脚地往前走,几次差点跌倒在水沟里了,我问他:"总裁,这是哪里呀?"

"我家啊,很快就到了。"

大约走了3分多钟,终于到达了别墅。他掏出一串钥匙,铁门"吱"的一声被打开了,声音在山谷里回荡,就像鬼片里的地狱之门一样。

"进去吧!"他推了我一把,我一个趔趄差点没跌倒在地上,摸索着靠住墙角站住后,门"哐当"一声被他关上了。

"总裁,这是哪里?"我吓得直发抖,一把抓住他的袖子。他甩开我的手,将门边的电灯打开了。

屋里的景象简直令我恍若梦中,可能有很长时间都没有人住过了,角落里布满了蛛网。家具有些是新的仿古家具,有些是从旧货市场买回来的,上面刻满了岁月的痕迹。

我用手扶住一张桌子,准备靠上去,他一把将我拽了起来,说:"这是从古董商手上买的,是明代万历年间的,起码价值250万。"

我捂了捂惊魂未定的胸口,说:"哦,总裁,你很少回来吧?"

"一个月来一次两次,你算是贵客了,能到这里来的女职员不多,只有几个,你是其中的一个。"他说完用手抠去桌子腿上的蛛网。

"那这里能做饭吗?"

"能,你跟我来。"

43

可怜之人必有可恨之处

我跟着他走到门旁边一个巨大的房间里,地板砖是木质的,走在上面时发出"咚咚"的声音。声音在宽敞的空间里回荡,听起来令人毛骨悚然!

房间里的东西很少,仅中间放了一张宽大的床,和一张看上去很舒服的沙发。沙发后面是一个柜子,柜子里放着一台电视和一些餐具。简单而空洞的摆设和他办公室的景象截然不同,线装书《论语》消失了,孔子的画像消失了,各种世界名著和他的座右铭"明理、博学、慈爱、中庸、美德"消失了。也许,这一切就是他的本质,在这个荒无人烟的别墅区,他不需要再伪装自己,所展示出来的一切都是那么的苍白和空洞。

我想起我曾经和袁小丽约定,等我们有钱了就做回我们自己。也许人在有钱之后,或在掌握权力之后,他的所作所为才最能体现他的内心世界吧!

"这里不会就是厨房吧?"我话还没有说完,就被他按在沙发上了。

我吓得急忙用手去推他:"你要干什么?不要这样总裁,如果你是诚心想让我帮助明理做事,就不要用对付其他女孩子的手段对付我,否则我会报警,把你的事情都抖出来!"

"你今天晚上走不出这道门了!"他说完一把按住我的手,找来一根早准备好的绳子,将我的双手绑了起来。

我惊恐万分地看着他:"总裁,你想干什么?"

他突然停了下来,坐到我身旁,温情脉脉地看着我说:"小卓,还记不记得我第一次约你？"

"记得，那时候我不懂事！"

"那时候总裁的确是很喜欢你，那时候你刚进公司，清纯可爱，充满梦想。可现在不是了，你现在有了心机，我是研究心理学的，对人性有很深入的研究。你离开公司两个多月又突然跑回来，我从你的眼睛里可以看得出你回来是有目的的，你想利用我。"

"没有，我没有想利用你，你放开我，听我跟你说！"我挣扎着坐起来，他又一把按住我的腿，将我两只脚也绑在了床架子上。

"我最讨厌被人利用，也最讨厌有心计的女人。我只喜欢那些刚刚走出校园的小羊羔，我愿意保护她们，只要她们听话，我给她们什么都可以，可是你那时候看到我像看到鬼一样。"

"你所谓的保护就是利用她们对你的崇拜，占有她们的身体，然后拍下她们的照片控制她们，让她们为你卖命，是吗？"

他笑了笑，笑得很阴森："的确是这样，她们喜欢我这样！"

"我真没有想到你是这样的人，我一直是那么崇敬你、景仰你，把你和那些世界伟人联系在一起，你却是这么个卑鄙下流龌龊的流氓！"

我话音刚落，他一个耳光朝我脸上扇过来，只觉得一阵剧痛袭来，我差点没有被他扇晕过去。

"我早就该这样扇你了，收起你那套虚伪的学说，我宋樵山能有今天的成就，绝不是靠什么女人。我本来就应该和那些世界名人列在一起，不需要你这个乳臭未干的小黄毛丫头来教育我。我曾经跟

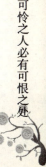

你说过,在深圳死个把人是很平常的一件事,你说了太多不该说的话了!"他说完拿了一根绳索朝我走过来。

我吓得拼命地往后面退:"总裁,您别这样,我不懂事,说了很多不该说的话,我以后再也不敢了,我一定会好好工作,为公司效力,为您效力!"

"不要骗我了,我早就不相信你了,你让公司损失2000万的时候多可爱啊,我就喜欢你那时候的傻样,哭着跟我说,呜呜,总裁,我对不起您,我都不知道怎么报答您了,我一定竭尽全力去为公司做事!"

他说完哈哈大笑起来,笑完又说:"你这小傻瓜,你真是太可爱了,整天为这个出头,为那个打抱不平,一身正气凛然的样子,像个热血沸腾的小英雄。还当着全公司的人滔滔不绝分析公司制度,说得有条有理头头是道,口才比我还好,不让你当讲师真是屈才了。"

"够了!"我怒吼一声,"你觉得我说的不对吗?如果你觉得我说的不对,你为什么还要给我加薪升职?"

"那时候我是真想栽培你,给你机会,可从你消失两个多月后突然冒出来我就不相信你了。你以为我是个傻瓜,跟你一样的小傻瓜吗?你太小看总裁了,今天非要让你尝点苦头不可!"

"不要这样总裁,我当初是真的想回来帮你把公司打理好,我当然也是为了自己,因为我妈有关节炎,我想多赚点钱让我妈过好日子。我妈含辛茹苦把我抚养大,我家里穷,没有什么报答我妈,所以我想努力工作,多赚点钱孝敬我妈。我保证以后不乱说话,该说的说，不该说的不说！"我说着说着声泪俱下地哭了起来。

"是这样吗？"他突然很怜悯地看着我，眼神变得非常温顺，就像耶稣望着那些跪在膝下乞怜的羔羊。

"是的！"我哭着点点头。

这一招真管用，他三下两下解除了我身上的绳子，一把将我拥在他怀里，就像那次在帝王大厦的停车场，抚摸着我的背说："让你受惊吓了，对不起，总裁一定会保护你的，不要怕，在总裁这里什么都不用怕，没有什么能伤害你，没有谁敢欺负你！"

面对这样一个严重心理变态的疯子，看来我今晚只有继续扮柔弱和可怜才能走出去了！

我继续哭着说："可是，陈明丽她经常欺负我，还让我滚蛋。总裁，你居然要和这种女人结婚，真是太可怕了，她太好强了，太有心计了，你不是最讨厌有心计的女人吗？你居然能忍受她？"

这时他一把将我推开，说："其实我的遭遇跟你一样，小时候很穷，我父亲死得早，母亲一个人含辛茹苦地把我们兄弟姐妹拉扯大。我读书很刻苦。可是刻苦有什么用？还不是一样穷。小卓，你别看总裁很风光，可是有谁知道总裁背后的艰辛？没有背景，没有钱，一个人来深圳闯荡，穷得差点去要饭了，当保安还被人砍。"

他说完将胳膊上的一条触目惊心的疤痕展示在我面前，继续说："后来我进入一个行业当起了讲师，那时候每天有成千上万的人听我的课，每个月能赚不少钱。可是没过多久，这行业就被政府取消了，我被抓进去关了半年。出来后，我又去做保险，凭着努力一年

就做到了行销主任。这时候经朋友介绍我认识了一个美国人,他很欣赏我的吃苦精神和口才,教会了我一些东西。"

"我的太太是我从美国回来认识的,她是一位政府官员的千金小姐,她看不起我,因为我没有身份也没有地位。我在她面前一直过得很自卑,以至于我对女人失去了兴趣。后来,是明丽帮我站了起来,要不是她,我可能对人生不抱任何希望了!"

不知道为什么,在这一刻,我突然觉得他其实蛮可怜的,那段初来深圳讨生活的非人遭遇和生理缺陷导致了他人格扭曲、心理变态,这其中和他的太太也有很大关系。

但是,可怜之人必有可恨之处,他用那些下流肮脏的手段控制公司这些女孩子,让我对他同情不起来!

"那您是决定和她结婚了？"我说。

"是的，我下周就会和我太太离婚，我和她，没有任何感情。只有明丽，她虽然没有什么文化，脾气又不好，但她对我是真心的，她不像其他女人那样只是想利用我。所以，我决定无论如何，离婚后要给她一个名分，把我的股份分一半给她。"

"不要啊总裁！"我绝望了，抓住他的手拼命摇晃起来，"不要这样总裁！"

他困惑地看着我："为什么？"

"我也说不好，反正我不看好陈明丽，我觉得她不可能给总裁您带来真正的幸福。您应该找一个更加温柔娴熟的女性，这样才能给您一个幸福的家！"这话从我嘴里出来，简直有点不可思议，因为我

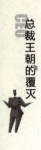

知道它是一句真心话。

"这个我已经决定了，我决定的事没有任何人可以改变。"

"那您既然决定娶陈总了，为什么还要和小柳发生那种关系，难道您不怕陈总知道吗？"

"我的身体是自由的，我喜欢和谁发生关系就和谁发生关系，明丽一向对这些睁只眼闭只眼！"

我惊得差点没有从椅子上掉下去，说："那您为什么又要带我来这里？"

"我想让你看看这些！"他说完推开一个玻璃窗，对我指指里面的东西，说，"像你这样想利用我的女孩子太多了，公司有好几个女孩子来过这里。她们依附我手中的权力往上爬，期望不劳而获，而我也喜欢她们年轻而富有弹性的身体。男人对年轻漂亮的女人，总是无法抗拒的！"

我脱口而出："您不是因为您的太太对女人失去兴趣了吗？"

他没有理我，继续说："当她们感到工作超负荷的时候，总在这里让我给她们进行充电。我都用这个使她们获得快感，从而增加她们的能量。"他拿起一个震动仪一样的东西在我面前晃了晃，"你要不要也试一下？"

"不，不要了！"我吓得连连后退。

"那算了吧，不要是你的损失，我不会强迫任何人，尤其是我的员工，我只给有需要的人服务。"他说完将玻璃窗关上了。

"那我回去了总裁，改天我请您吃饭！"我说完就要退出去。

他挥了一下手："行,那你走吧!"

"可是我不知道路,我出去会害怕。"

"那是你的事,你自己想办法解决。"

就这样,我深一脚浅一脚地走出那个可怕的山谷,我发誓我这辈子都不想再到那个地方,那里将会是我一辈子的噩梦。出来走了差不多200米左右,看到前面有一个加油站,我像看到救星一样,拼命地朝加油站跑去。

那里的员工看到我狼狈不堪的样子,帮我从市区叫过来一辆的士。上了的士后,我的心依然跳得很厉害,感觉自己像经历了一次地狱的洗礼,刚刚从地狱里死里逃生一样逃出来。

不过让我感到万幸的是,柳繁君的出现取代了我在他心中的位置,也帮了我一个大忙。他现在对我没有兴趣了,否则我今天晚上肯定走不出那扇门。想到这里,我对刘阳就恨得咬牙切齿,我发誓从今以后再也不干这样的傻事,平白无故被人利用,还差点把命都丢掉。

司机看我惊魂未定的样子,说:"小姐,你要去哪啊?"

"去、去绿岛家园,在深南路。"

司机关切地说:"哦,你怎么深更半夜跑到这荒郊野外来呀,一个女孩子跑到这里,是挺可怕的!"

"哦,我的一个朋友他住在这里,我顺便来看看他。"

"这样啊,这里有很多有钱人的房子,不过他们一般是节假日才过来住一下,你的朋友是不是很有钱?"

"一般吧,还算可以,司机,麻烦你快点开,我还没有吃饭!"

"哦,好的!"司机说完踩了一下油门,车快速地往深南路开去。

回到家门口,突然看到刘阳站在门口的亭子里抽烟。我走过去,拿起皮包就朝他脸上砸:"你个混蛋,你差点害死我了!"

他抱住头,任由我砸了很久,突然一把将我紧紧抱在了他的怀里:"一君,对不起,我太不是东西了,不应该让你去冒那样的险。"

我推开他,蹲在地上痛哭起来。

他蹲在我面前,抱住我的肩膀说:"这段时间我一直在思考几年来在公司所做的一切,我跟廖总商量了一下,我们决定不等陈明丽和总裁结婚就撤资,我们要另起灶炉。"

"是真的吗?"我擦干脸上的泪水,疑惑地望着他。

"是真的,一君,我已经失去了仕墨,不想再失去你!"他说完再次将我搂在他的怀里。

我一把推开他:"你在说什么?刘阳,什么叫不能再失去我,我跟你是什么关系?"

"一君,你还不明白吗?我喜欢上了你,我以前还不知道,可自从今天晚上你跟总裁出去后,我突然发现我是那么的舍不得你去冒险!我懊悔得要死,打你电话也打不通,打总裁的电话也打不通。我不知道你怎么样了,如果你今天晚上不回来,我打算就在这里等一晚上,明天你要有个三长两短,我非杀了宋樵山不可!"

我愣住了,这太突然了,刘阳说他喜欢我,是真的吗?我难以置信地看着他:"刘阳,你说的都是真话吗?"

"是真的,一君,我们离开明理吧!仕墨走的时候也说要我跟你一起离开明理,我知道她是想让我们两个在一起,彼此互相照顾!"

"刘阳,我不知道你对我说的话哪句是真哪句是假,我一点都看不懂你,你给我一点时间,好不好?"

"一君,难道你还不相信我吗?"

"我不是不相信你,只是这一切来得太突然了,我没有心理准备,你让我考虑一下,我明天一定给你答复!"

"不,我就站在这里等你给我答复。"

"不要了,你先回去吧!"

"那好,你早点休息,不要想太多了。你若想好了当我的女朋友,明天早上9点钟给我打电话。如果9点钟没有接到你的电话,我就会一直等下去!"

我点点头,他依依不舍地转过身,朝停车的地方走过去。

我晚上躺在床上想了很久,不知道该不该接受刘阳?他这个人让我有种说不上来的感觉,到现在我还看不懂他,看不懂他就看不清自己的未来,我不能和一个我看不懂的人结婚。还有,在我的潜意识里,一直忘不了沈仕墨。她的死将成为我心里永远打不开的一个结,成为我一生中的一道阴影,让我无法去接受刘阳。

于是,第二天早上到公司后,我没有给刘阳打电话。

总裁看到我和平常没有什么两样,继续在他的办公室摆放着线装版的《论语》,继续给员工讲儒家礼仪和狼性文化。我也装作若无其事的样子,继续在明理拿着那份8000元的薪水,一边托猎头公司

帮我找工作。

由于有了将近一年的工作经验，且是一家 1000 多人公司的副总和市场部组长，猎头公司将我的薪水提高到了两万，说物色到合适的工作后就会通知我去面试。

柳繁君调离业务部了，她现在的职务是张总的助理。那位麦子老师被停职了，由于和孟军的死有关联，她和杨组长两人多次被公安局叫去问话，两人都做了公司的替罪羊，被开除了。

三天后，陈明丽回来了，她看上去容光焕发，来到业务部的时候破天荒地给了我一个笑脸。我突然发现，原来她其实也是蛮可爱的，只是生活对她太不公平了，才导致她那样心理变态。现在的她，遇上总裁这样虽然虚伪变态但总算还有点人性的人，说明生活最终对每个人还是很公平的。

深圳的夏天来得特别早，还没有进入到五月，天气已经非常炎热了。我早上回到公司，将办公室的空调打开后，感觉凉爽了许多。

今天是个晴朗的日子，也是总裁和他太太对簿公堂的日子。刘阳和廖总两个人已经在私底下开始活动了，他们想好了退路，等陈明丽登上总裁夫人的位置后，就跟总裁摊牌，把自己的那部分资产撤出去。

然而，事情却发生了戏剧般的变化，老天爷真是太会开玩笑了！总裁夫人跟总裁离婚的条件是，总裁必须把明理集团 30% 的股份让给她，她才同意在离婚书上签字。

经过将近一个月谈判后，总裁终于答应总裁夫人的要求，把明理集团 30%的股份让给了她。这样一来,总裁夫人成了明理集团最大的股东。

陈明丽的总裁夫人最终没有当成,但刘阳和廖总两个人在外面已经找到合适的项目。两人和总裁夫人摊牌后,几个人吃了顿散伙饭,请律师和会计师事务所的人过来做了将近一个月的盘点清算,同明理彻底脱清了关系。

刘阳离开公司的那天下午,来到我的办公室。我当时正在给业务部的经理开会,他坐在旁边等了很久。开完会后,他约我到万象城的法国餐厅,说要请我吃晚饭。我跟他来到万象城,这里一切照旧,而我的心却已经走出太远。

"一君,这些天你还好吧?"

我撒了几颗椒盐在排骨上,随口应道:"我很好啊,你今后打算朝哪方面发展?"

"我们打算专做少年儿童教育,我下周去美国找我以前的同学,他是美国人,他会带他中学的两名老师过来。"他说完话锋一转,"你那天终于还是没有给我打电话!"

"是的,我——"

"我知道,你心里面一定很恨我对不对?都是我不好,这几年做了太多不好的事了,这是我应得的报应!"

"不是这样的,刘阳,我忘不了仕墨,她是我心里的结。还有,我总觉得我看不清你,我不知道你说的哪句话是真的,哪句话是假的。你太复杂了,不像我,黑白分明,让人一眼就能看清。"

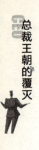

　　"是这个世界太复杂了，它把我的心灵染上了各种不同的色彩。这几年把所有的心思都放在事业上了，为了公司扩大发展我没有去想太多。可这段时间沉静下来，我仔细想来想去，发现自己其实失去了蛮多东西。"

　　就这样，我俩就像一对认识了很久的老朋友一样，彼此诉说着自己对生活的感悟。不知不觉已经 12 点了，刘阳开车载着我到我家楼下。我拿上皮包推开车门准备下车，刘阳一把拉住了我的手："一君，不请我上去坐一下吗？"

　　"不用了，今天我们已经说了太多话了，以后有机会再见！"我说完对他挥了挥手，转身上了楼。

45

总裁王朝的覆没

现在的明理集团，实际掌权者是总裁夫人，她拥有明理集团70%的股份。在她掌权的第二个月里，陈明丽就被她一脚踢出去了，带着她那 5%的资产离开了明理。

总裁最终没能和陈明丽结为法定夫妻，他名义上还是明理的总裁，拥有明理集团 30%的股份。和总裁夫人脱离了夫妻关系，现在反倒像一家人了，总裁夫人主内，总裁主外，两人配合得天衣无缝。对外他们还是常常以夫妻的身份出现，对内在财务上彼此分得很清楚。总裁夫人有官方背景，社交圈子非常广泛，公司的业务越做越顺，公司的人员在她的管制下，个个服服帖帖。

三个多月过去了，猎头公司那边还是没有什么消息。我依然做着我的业务部主管和市场部组长，我现在每天直接和总裁夫人汇

报,她对我很满意,将我的薪水提到了12000元。

总裁自那以后再也没有骚扰过我,我和他见面时彼此都装作什么事都没有发生过。不过从其他女同事那里偶尔会听到和他有关的消息,他依然利用她们对他的幻想,占有她们年轻的身体满足他那变态的欲望,让她们为他卖命。

我的工作在这几个月内进展得非常顺利,工作能力也得到了很大的提升。业务一部在我的辅助下,截至7月份的时候,实现了将近八千万的业绩。公司的管理也发生了很大的变化,那些管制森严的军队制度现在很少用了,狼性文化也没有人再提,以前到处张贴的标语都被撕掉了,公司整个进入到了"无为之治"的状态。

在这样的环境下,没有高压,没有形式化和教条的管制,大家都显得很轻松。现在各个部门常常能听到笑声,这是以前想都不敢想的。然而就在我准备长期在明理集团干下去的时候,猎头公司通过电子邮件找我了,说有一家国内百强企业聘请我过去,月薪是2万。我犹豫了好几天,不知道是该留下来还是该离去。想了很久,最后决定还是离开。总裁夫人开始舍不得让我走,但她最后还是尊重我的决定。

离开明理集团一个多月后的一个早晨,我来到公司,和往常一样打开电脑,马上看到网页的头条挂着宋明理的照片,标题是:明理集团总裁宋明理涉嫌强奸女员工!

我愣了半晌打开该网页,里面所描绘的内容简直让我瞠目结舌。该女员工报警后,警方根据她提供的线索,在总裁家里搜到大量长期强奸女员工的证据。这个搜到大量证据的家,就是总裁曾经带我去的别墅,那像地狱一样至今让我想起来还心有余悸的房子。里面除了许许多多塞进女性下体的性工具,还有总裁和几十名女员工发生性行为的录像带以及长达五万多字的性爱日记。

我又想到了沈仕墨,她临终前要我找的 U 盘和日记本可能就是那些不堪入目的内容吧!可怜的仕墨,我想到她瘦小的身躯拖着巨大的行李箱在全国各地满大街小巷奔波的情景,想到她的胃被切除,想到她才 26 岁就离开了人世,我哭得泣不成声。

"卓总,您的电话响了。"助理将手机递给我。

"哦,谢谢!"我擦干眼泪,拿起电话,"喂!"

对方没有讲话。

"喂,您哪位,请讲话!"

"一君,你哭了?"

是刘阳的声音。

"是你?"

"是我,你还好吗?"

"还、还好,我离开明理有一个多月了。"

"我知道,你今天晚上下班后有空吗?"

"这个现在还不知道,等我有空再打给你。"

"不,我要在楼下等你,一直等到你下班为止,我不会再等你给我打电话了。"

"为什么?"

　　"其实谈恋爱也是一门营销学,好的机会是不会等人的,你一定要主动去争取,你说呢? 总之,我今天一定要等到你这个优质客户为止。"

　　我挂掉电话朝底层望去,看到楼下有一个身穿白色上衣的人正对我挥手,我笑了笑,推开门朝电梯走去。

　　"你气色看起来不错!"看到我下楼后,刘阳微笑着对我说。

　　我倚着路边的栏杆看着他:"今天的新闻你应该看到了吧?"

　　"看到了,这种事要发生在以前我会觉得很平常,可现在我觉得这一切太不可思议了。怎么样,请你去喝一杯吧? 这是我们离开明理后的第一次重逢!"他说完打开车门,我跟他上了车。

　　几天后,宋樵山被国家公安机关依法逮捕,一代企业王朝掌权者的统治时代就这样终结,他的朝代也随之覆没。我后来见过总裁夫人两次,她已经结了婚,丈夫是个华侨,结婚不久后她将公司股权拍卖,随着现任丈夫移民去了加拿大。

　　年底,我和刘阳举行了婚礼。婚礼很简单,来参加的人总共加起来还不到30个。刘阳的父母和我妈,仕墨的母亲和弟弟,以及袁小丽和我现在公司一些关系不错的同事。

　　举办完婚礼后我和仕墨的母亲去房产处办理了房产过户手续,我把仕墨的房子买下来了,给了她母亲一笔钱。办完这一切后,我和刘阳又跟随仕墨的父母去了她老家一趟。

　　那天是个晴朗的日子,几朵白云飘浮在天空,一切安静又惬意! 仕墨的墓被一片松柏笼罩着,四周非常安宁。刘阳把一大捧花放在墓碑上，在那里伫立了很久。我无意打搅他，便走出墓地，来到旁边的旷野上。

不知道是谁扔了一些谷粒在地上，几只鸟追逐着地上的粮食，有两只中途打了起来，互相用嘴啄着对方身上的羽毛，不一会儿就啄得满地都是羽毛。

我捡起一小块石子扔过去，鸟儿受到惊吓后，停止了啄食和打架的动作，它们惊慌地朝四周看了一眼，"扑腾"一声往苍穹飞去！